無実／最後の炎

デーア・ローアー
三輪玲子＋新野守広〔訳〕

論創社

GOETHE-INSTITUT

This translation was sponsored by Goethe-Institut.

目次

『無実』／『最後の炎』日本語版に寄せて――読者の皆様へ

『タトゥー』で私の作品がはじめて日本語に翻訳されたのに続いて、今回、『無実』と『最後の炎』を、三輪玲子さん、新野守広さんが精度の高い丹念な作業の末、すばらしい翻訳作品に仕上げてくださり、日本の読者の方々のお手元に届けられる運びとなったことを、本当に嬉しく、また光栄にも感じています。

作家というのはえてして、自作のことを語ったり伝えたりするのが不得手なものですが、もしこの二作品のテーマはと問われて私がなにか言えるとすれば、こんなことでしょうか。それは不慮の事故と罪をめぐる物語であると、人が生きていくことに対する責任について問い、神について、そして運命を制御しうる可能性について問うているのだと。

またこうも言えるかもしれません。それは生ける者と死せる者にまつわる二つの物語であると。私たちが失ってしまった人たちが私たちの行いや考えにいかに影響を及ぼし続けるか、死者が私たちのなかで私たちとともにいかに生き続けるか。

『無実』に登場する遺体処置係のフランツは言います。「命の火はゆっくりと消えていく、あとに残るのは灼熱の芯。」

翻訳者のお二人と出版してくださった論創社、そしてこの戯曲集が世に出るまでご協力くださった皆様に心より感謝しつつ――多くの方々に興味深く読んでいただけるよう祈っています！

二〇一〇年二月　ベルリン

デーア・ローアー

無実

Unschuld

三輪玲子訳

登場人物

エリージオ　黒人の不法入国者
ファドゥール　〃
アプゾルート〔「完璧」の意〕　盲目の若い女
ミセス・ハーバーザット　身寄りのない女
フランツ　遺体処置係
ローザ　その妻
ミセス・ツッカー〔「砂糖」、「糖尿病」の意〕　ローザの母
エラ　老いゆく女性哲学者
ヘルムート　その夫、金細工師（台詞のない役）
大統領

殺された少女の両親（二場）
二人の自殺者（六場）
通り魔事件で生き残った人々のコロス（七場）
若い男の医者（十一場）
ドライバーたちのコロス（十四場）

エリージオとファドゥールの配役を黒人俳優にするのであれば、優れた俳優であるからという理由でそうしてください。本当らしさの押しつけがふさわしいとは思えません。その他、「黒塗り」などもせず、扮装等で演劇的手段の作為性を際立たせるほうが、むしろ好ましいと思います。

音楽

一場の最後の候補曲　Sandy Dillon, *Float.*
八場の最後の候補曲　同じく、*Send me a dollar.*
十九場に必ずかける曲　同じく、*I'm just blue.*

温度計の中を血は怒涛のように流れる。
死ぬのはいい気分じゃないだろ、生きているうちに何も残さないなら、死んだら何もできないなら、
生きているうちに残していく以外に！
死ぬのはいい気分じゃないだろ、生きているうちに何も残さないなら、死んだら何もできないなら、
生きているうちに残していく以外に！
死ぬのはいい気分じゃないだろ、生きているうちに何も残さないなら、死んだら何もできないなら、
生きているうちに残すことができた以外に！
（セサル・バジェーホ「窓が震えた[1]」）

一　水平線を前にⅠ

エリージオ　水平線を前に、友人同士の二人が散歩している。友人同士の二人はファドゥールとエリージオ。（間）波打ち際を行ったり来たり、行ったり来たり、彼らの未来にまなざしを向けようとしている。

（間。）

ファドゥール　でも、未来は意地悪い真っ暗闇の穴から睨み返してくる、目玉のない目の穴、だから「これから」とか「このあと」なんて、先のことを話し合うまでもない。

エリージオ　とファドゥールは言って黙り込む。エリージオは逆に根っからの楽天家。南の生まれ。太陽が一番高く上るところ。青ナイルの岸辺。小さい頃から、栄養たっぷりの母羊のとびきり甘いおっぱいを口にふくんだ。（間）でも、ファドゥールへの思いやりから、自己憐憫にひたって仏頂面な友に不快な思いをさせないよう、彼もまた黙り込む。

（沈黙。エリージオはファドゥールの脇腹をつく。）

ファドゥール　何を見てるか言ってやろうか。俺が見てるのは空だ、砂漠の上の空かもしれない。でも砂漠の上の空は高く澄んでて、頭の中を星まで押し広げてくれる。（間）俺が見てるのは水の海だ、ここには俺の砂の海はない、砂の海はゆっくり絶えず動いていて、歩調を合わせていけばいいから、道が途切れることはない。（間）この空は低い。重たげな雲が俺の頭の上で待ち伏せしてやがる、頭の上に集まってきて、次の風のひと吹きでもぎ取ってやろうと言わんばかりだ。海は荒れ、波は底知れない深みから沸いてきて、俺めがけて突進してくる。するとまた小躍りしながら戻っていき、両腕を広げて俺をおびき寄せる、どこへ、どこへ……どこへかはわからない。

（沈黙。）

エリージオ　この辺の人間て、まったくどうかしてるぜ。服脱いで海水浴かよ、この寒いのに。
ファドゥール　どこだよ。
エリージオ　そこ……そこの女……

（二人から少し離れたところで、赤毛の女がゆっくりと服を脱いでいる。彼女は服をひとつひとつ次から次へと丁寧に畳んで、タンスにしまおうとするかのように、きちんと積み重ねていく。彼女の動作はよどみなく集中している。彼女は服の山をあとに残し、海水の中へ歩いていく。彼女は誰も見ていない。）

ファドゥール　この海は、おまえが俺に約束した未来なんかじゃない。

（間。）

エリージオ　おまえの目が節穴だからだ。それか、おまえが勇気を失くしたからだ。この海を見ることこそ自由なんだ、ファドゥール。

ファドゥール　自由なんかクソクラエ、俺が欲しいのは砂だ。

（沈黙。）

エリージオ　同じものをエリージオも欲したわけでは決してなかった、彼は友人のファドゥールを決して不幸とはみなしたくなかった。だから彼は、二人の未来のために新しい薔薇色の物語を思いついたのだった、それは……見ろよ……ファドゥール……

ファドゥール　なんだ。

エリージオ　そこ……そこになにか……

ファドゥール　なんだ。

エリージオ　わからない……ボートの舳先か、オールか……もやがかかってて……動いてるぞ……

ファドゥール　どこだ。

エリージオ　ブイじゃないかな、風にまぎれて……ドラム缶か……聞こえないか……

ファドゥール　俺の耳には何も。

エリージオ　泳いでるんだよ。誰かが泳いでて合図を送ってるんだ……おーい……

ファドゥール　静かにしろ。何叫んでんだ……

エリージオ　その向こうで誰か泳いでる。あの女、あの赤毛の女だ。

ファドゥール　知ってるのか彼女を。

エリージオ　いや。

ファドゥール　じゃあなんで叫んでんだ。警察でも呼ぶ気か。

エリージオ　おーい……俺に向かって合図してる。（彼は服を脱ぎはじめる）今行く……

ファドゥール　合図、どうやって？　どこでわかるんだ、エリージオ、冴え渡った疲れ知らずのモグラの目で、こんな遠くから、あの女がおまえに合図してるんであって、警察の回し者じゃないんだってことが？

エリージオ　急げ、ファドゥール、早く、早く……

ファドゥール　おまえを呼んでる、どうやって？　どうするんだ、もし俺に聞こえて、俺を呼んでるんだとしたら、おい、俺だったら？

エリージオ　（ほとんど裸で）助けを呼んでる、ファドゥール、溺れてるんだ、早く……

ファドゥール　ファドゥールは一瞥で事の深刻さを悟る。彼の友人は、往々にして、ほとんどつねに正しい。女が溺れている、彼が突っ立ってしゃべっているあいだにも。溺れている人を救助する、それほどすばらしいことがあろうか。何千回も、子供の頃から、砂漠で二人で過ごした少年時代も、想像していた、溺れてる人を救助するってどんなだろう。ありったけの想像力を必要としたことは確かだが、一方では、さほど難しいことでもなかった。ファドゥールは想像の中で、彼を取りまく果てしない砂漠の砂の海を、青色に染めてみる、彼が雨を降らせると、シュロの葉が夢の中で緑の藻に変わった、しかしこうして思いに耽っていたあいだにも、彼がまさに足を踏み入れようとしている気乗りのしない現実が存在していた、一人の女が明らかに生命の危機にあって、彼は気づいたのだ、自分が泳げないことに。

エリージオ　俺が一人で行く。
ファドゥール　じゃあわかった、やってみる。
エリージオ　どこいった。まだ見えるか。
ファドゥール　手だ、そこに手が。
エリージオ　まっすぐ先だ。行くぞ。
ファドゥール　それでどうする。
エリージオ　助けるのさ。
ファドゥール　俺たちが病院に連れて行くのか。
エリージオ　そうだよ。
ファドゥール　やつらに身元を調べられるぞ。
エリージオ　今はそんなことどうでもいいだろ。
ファドゥール　どうでもよくないだろ。

エリージオ　連れて行くのは、病院の前まで、そうすりゃ自分で中に入る。
ファドゥール　入らないよ。彼女は意識がない。
エリージオ　入口の前に置いて呼鈴を鳴らす。（間）でも彼女は何が起こったか話せない。
ファドゥール　やつらは身分証明を出せと言う。俺たちを捕まえる。身分証明がなきゃ。そうなったら。（間）ひょっとすると彼女も不法入国か。それなら俺たち三人だ。
エリージオ　なんかテキトーなこと言って、ズラかるか。
ファドゥール　速やかに抜け目なく。
エリージオ　それだ。
ファドゥール　それそれ。

（沈黙。）

ファドゥール　どこだ。
エリージオ　もう見えない。もう見えない。もう見えないぞ。
ファドゥール　波が立ってる。それだ……そこ……そこ……そこ……
エリージオ　なんだ……どこだ……おーい……
ファドゥール　泡しかない。泡しかない。
エリージオ　どこだ……どこだ……彼女どこだ……
ファドゥール　何もなくなった。

（沈黙。）

ファドゥール　何もなくなった。

（沈黙。）

エリージオ　この、デブのコヨーテのできそこないの息子、メソメソ吠えてるだけのクソガキ、砂漠のゴロツキ、砂蚤にたかられたサンダルみたいな間抜け野郎だよ、おまえは。オアシスでお恵みもらって、ヤシの葉っぱかついで、女たらしこんでるヘナチョコ。下っ端の油田堀りでベトベトになって、砂と一緒にさすらってろこの裏切り者……

（彼はファドゥールの喉元につかみかかる。殴り合いになる。ファドゥールが勝つ。間。）

ファドゥール　もう服を着たらどうだ。（間）服を着ろ。

（海面には何もない。波が浜に打ち寄せては返す。むき出しの浜辺には、服の山だけが残されている。）

二　ミセス・ハーバーザットの事件簿Ⅰ

ミセス・ハーバーザット　通りがぱっと照らし出されるわ、お宅のセンサーライトの光で。

（間）

ちょっとお邪魔してもかまいませんか。よろしいかしら。

（間）

お宅の時計は音が大きいわね。

妻　その女性はあっさりと玄関から入ってきた。そして居間に入ってきた。なんと言うか、壁伝いに足を忍ばせるようにして。夫は言葉を失い、彼女のあとをついていった、両腕を広げて、鶏をつかまえようと、あるいは、追っ払おうとするかのように。でもあえて彼女に触れようとはしなかった。

ミセス・ハーバーザット　たくさん本をお持ちですわね。

（沈黙）

教会にいるような気分になるわ。

敬虔な。

（間）

たくさんの閉じ込められた言葉たち。その全部をあなたは解放なさったのかしら。

全部お読みになったの。

（間）

あらやだ、また雑誌購読の押し売りかって、
お思いになるわね、
違います。
自分でもしないわ雑誌の定期購読なんて
玄関先では絶対、
騙されるだけ。
三ヶ月頼むと、六ヶ月送られてきて、
自動的に一年契約に延長されて、
どうすることもできない。
きっと会員制のブック・クラブに入ってらっしゃるんでしょう。
衛生面の問題がありますものね、
貸本だとあまりに
ページが汚いしカバーに吹出物が出てるし。
(間)
息子は詩を書いてるんです、
お聞かせしたいわ。
(間)
君は僕のバラ
僕の愛はいつまでも

君は僕のバラ
朝に君を摘もう
（沈黙）

夫　すてきでしょ。

本当に、彼女は棚から写真を取ってしまう、その他人の侵入者の手で、棚から銀のフレームに入った写真を取る、私たちの娘の最後の写真。妻は驚き、恐れる、写真に何か危害が加えられるのではないか、娘がもう一度死んでしまうんじゃないか。私はフレームの下から手でささえようと思うのだが、うまくいかない、腹の前にもぞもぞ突き出た両手は、愚にもつかない小ぶりの受け皿をつくっている。

妻　夫は、敵のボールを止めようとして失敗し、不器用につまずくゴールキーパーみたいな男。完全な練習不足で、反応が遅く、すぐに息が上がることを、自分でわかっている。グズでにっちもさっちもいかないことを、自分でもわかっている。彼には野心というものがなく、勇気もなく、体中に軽蔑を溜め込んでいる。彼は彼女に言う、お座りなさい、どうぞ楽に、自分の家だと思って。軽蔑すら彼の体内で次第に薄らいでいく、彼女はあくびをして、新たな生け贄を探す。彼女は出て行く、彼を一人残して。揺れる着衣、震える皮膚。彼はそうして事態を受け入れる。

ミセス・ハーバーザット　ああ、すいません。まだ名乗ってもいませんでしたわ。

妻　彼女は座る。椅子の脇にハンドバックを落とす、二度と立ち上がるつもりはないかのように。

ミセス・ハーバーザット　ハーバーザットと申します。
ウードの母親です。

（沈黙。）

夫　永遠とも思えるわずかな沈黙の後、妻は長らく硬直したままだった、この女を追い出すにはどうしたものか、私にはわからない。とりあえず少しのあいだ目を閉じてみる。

（静寂。）

ミセス・ハーバーザット　すてきな十字架を壁に掛けてらっしゃるわね。

（沈黙。）

ミセス・ハーバーザット　許して。
許してください、わたしたちの存在を。
いつしかあなたがたのお近づきになったことを。
あなたがたの人生を地獄に突き落としてしまったことを。

そのことでわたしはここに来たのです。
どうか許してください。
（間）
許して、わたしが生まれてきたことを。
あの息子を生んでしまったことを。
許して、あの子があなたがたの娘さんを……
ご心配なく、口には出しません。
（間）
あなたがたのほうがよくご存知でしょうから。
（間）
わかってます、わかってます、
本当の許しは神からしか与えられないって。
でもこれは言えます、これだけは、
あなたがたがその兆しを見せてくださるなら、
わたしたちの苦しみはずいぶんと和らぐでしょう。

（沈黙。）

妻　わたしたちは……

夫　あなたの……

妻　落ち着こう。

夫　恐ろしい、ひどいわ……

でももっと恐ろしいのは……

（妻に）落ち着け……落ち着け……

落ち着こう。落ち着こう。さあ落ち着くんだ。

ミセス・ハーバーザット　ええ、わたしの申し出はひどい。

どんなにひどいか、

あまりにひどすぎるかもしれない。

わたしの望みはすべて……

（間）

事務をしてたんです

印刷所で。

湿った刷りたての紙の匂い……

印刷所では何でも刷ってました、

パンフレット、ポスター、政党の定期刊行物、

それにこんな薄っぺらな、こんな薄っぺらな

ポルノ雑誌まで、

ないのは本だけ。

湿った刷りたての匂い……
（間）
わたしの望みはすべて
いつか
叶うことはあるのかしら。
（間）
息子にはあなたがたの許しも
もうあまり役には立たない。
あの子は刑を宣告され
神の裁きを受けなければなりません。
（間）
でもわたしは、
わたしには身寄りがありません。
（沈黙）
いつもあの子に言ってたのに、
こういう染みは六十度じゃ落ちないって。
あの子は左利きで
右手だとみんなこぼしてしまって。
訓練させてたんです、

夫妻

わかりますか。
悪気じゃなかった。
でも刺したのは左手だったんです、
わかってるんです、左手で、
すごい勢いで、
ものすごい勢いで……
（間）
なんていう時間の無駄遣いかしら、
こんなところに来て。
あなたがたにわかってもらえはしないのに。
（夫に）もうだめ……（吐き気をもよおす）
まあまあ、ハーバーザットさん……妻は、この様子だと、またすぐに吐いてしまうでしょう。毎晩なんです、娘の事件を知ってから……眠れずに、繰り返し何度も便器の中に、時々外にも吐いてしまうんです。ハーバーザットさん、あなたが罪の意識を感じることはありません、あなたが許しを負う、失礼、許しを請う必要などないんです。十字架をじっと見つめたりしなくていいんです、私たちはかつてクリスチャンでした、でも信仰は私たちを救ってくれませんでした、神はわれわれを打ちのめした。あの十字架は平和だった日々の皮肉な思い出の品です。どうぞあなたの聴罪司祭をお頼りなさい。私たちは子供を犯罪者には育てませんでした、教育の使命を間違って理解していたのです。私たちは子供を犠牲者に育ててしまいました、思いやりがあり、親切で、信頼に満ち、いつ何時でも与え、耳を傾け、人の気持ちに寄り添う心構えを持つよう、だから二度とおっしゃらないでください、あなたに責任はありません、なぜなら、私たちにも責任がないからです、われわれは、話し合いで紛争を解決できると信じる社会の一員です、このことは、一種の戦後贖罪として、労を費やしてわれわれに叩き込まれたのです、だからもうお引き取りください、どうも申し訳ありません大きな声を上げて……

（間）

これを全部彼女に言ってやりたかったが、実際はそうしなかった、私の頭の中だけ。実際は、彼女にお茶を出し、彼女の脇の肘掛けに座り、彼女の汗ばんだ手を握って同情で包んでいた、一方、机の下にすべり込んでいた妻は、メソメソ泣きながら嘔吐でうなっていた、やがて暗くなると、私は電気スタンドをつけて尋ねた。ハーバーザットさん、お宅まで送りましょうか？　それともうちの客間に泊まっていかれますか、一人にならずに済みますよ？

三　フランツは仕事を、ミセス・ツッカーは住処を、ローザは希望を、見つける

（ローザとフランツの家。一部屋しかない、必要最低限のものしかない。ベッド代わりの机、あるいは机代わりのベッド。テレビは大統領の立像を映し出しており、画像が乱れて分断したり歪んだりし

ている。）
（ローザと彼女の母、ミセス・ツッカー、彼女は足に包帯を巻き、松葉杖で歩いている。ローザは赤毛で、一場の溺死した女に似ている。）
（沈黙。）

ミセス・ツッカー　（煙草を吸って）ガソリンスタンドの店員になれたらねえ……

（沈黙。）

ローザ　もう、ママ。

ミセス・ツッカー　ガソリンスタンドの店員になれたらねえ……

（沈黙。）

ミセス・ツッカー　ガソリンスタンドの店員なら、煙草一本あればいいのよ、それで全部吹き飛んじゃう。（間）そんなこと時々考えるわ。（間）でもうちにはガスもきてないんだから。どうしようもないじゃない。

ローザ　もう、ママ。

（沈黙。）

ミセス・ツッカー　それで、あんたのほうはどう。

ローザ　もう、なによ。

（間。）

ミセス・ツッカー　相変わらず毎日、会社行ってんの。

ローザ　九時から五時まで。

ミセス・ツッカー　相変わらず販売のチーフ。

ローザ　もう、ママ。

ミセス・ツッカー　この前電話してみたんだけど、あんたんとこの通販。特別セールやっててね。血圧計が五ユーロ九十五セント、これは本当にお買い得。（間）だけど電話に出たのはあんたじゃなかった。

ローザ　だってママ、同じ仕事してる人たくさんいるんだから。

ミセス・ツッカー　あんたはそれでいいの。

（沈黙。）

ミセス・ツッカー　自分の可能性を試すでもなく……

（沈黙。）

ミセス・ツッカー　あたしがもう一度あんたの歳になれたら、もう糖尿病なんかにならないわ。だけど足の指もなくなっちゃったし、あとはもう時間の問題……
ローザ　でもママ……
ミセス・ツッカー　ガソリンスタンドの店員になれたらねえ……

（フランツ登場。何か言いたげに、あたりを見渡す。何も言わずに、大統領に見入る。）

ミセス・ツッカー　まあフランツ、相変わらず失業中かい。
フランツ　（ローザに）ただいま。
ローザ　おかえり。

（沈黙。）

フランツ　どうも、お母さん。

（フランツはテレビの前に座り、リモコンを画面に向けて武器のように操作するが、大統領は頑固に引き裂かれたまま。間。）

ミセス・ツッカー　それで、今日は何人分の番号札を座って待ってたの。

（間。）

フランツ　あれ全部お母さんのですか、玄関の前のトランク。

ミセス・ツッカー　ねえローザ、昨日、病院に行って来たの。術後検診に。見てちょうだいよ、この足の指、といってももう指じゃないけど、傷口から壊疽が広がってきてるの。医者が言うには、ツッカーさん、あなたの糖尿病は末期です、だって。もう治らないの。足を指の付け根の関節まで切断しなきゃだめだって。もう自分でインスリン打てないし、目が悪くて。そもそも介護が必要なのよ。それなのに外来でしか診てもらえない健康保険の患者。わかる、あんたたち。（一息つく。間）だから話し相手が要るの。話し相手。あたしだって人間だもの。

ローザ　施設に入る？

ミセス・ツッカー　あんたたちね、あたしには夢があったの。（間）四十年間、夢を見てきたのよ郵便局で、四十年間。高校卒業して。（間）四人の子供を生んで、今頃どこにいるんだか。あんただけだよ残ったのは。（間）父親たちもどこへやら。（間）あたしコミュニストだっ

ローザ　たから、何でも一人でやろうと思ったの。

ミセス・ツッカー　間違ってたの、ママは。

フランツ　あんたに言われたくないね、ローザ。人の役に立ちなさい、人の役に。（間）あんたのダンナは前途有望だったけど、医学部の前期試験までもたないとは。

ミセス・ツッカー　僕のサプライズを聞いてくれない。

フランツ　そんなことより失業手当をもらいに行っとくれ。

（間。）

フランツ　今日からはもう行かなくていい。

ローザ　もう一度はじめるの……

ミセス・ツッカー　まあ、そういうことなら心からお祝いするけど。

フランツ　（喜びを抑えて）そう、そう、そう、今日からはもう行かなくていいんだ。

ミセス・ツッカー　あたしも勉強したかったよ、大学で。何をって。それはわからないけど。法学からね、これは法律家の手だわ。法律家の手、フランツだって紛れもなく医学生の手をぶらさげてる。見てごらん、医学生の手だよ。あたしは法学をはじめたんだけど、一学期でやめてしまったの。本は厚い。文は長い。どこまでいってもジャングルみたいで。どこを見渡しても鉈はないし……空き地もない。

ローザ　ママったら、法律なんて勉強したことないでしょ、これっぽっちも……

ミセス・ツッカー　勉強したかもしれないでしょ。成績優秀だったかもしれないじゃない。（間）それとも……考古学だったかも。そうよ、そうだった。（自分の両手に目をやり）考古学者のスコップだわ。（間）あたしは発掘したの、人の心の詩、その悲しみの韻律を。（沈黙）無限の可能性、無限の可能性があんたたちの前にはあるのよ。

フランツ　僕はもう大学には戻らない。僕の手は、何か違うことをやりたがってた。僕の頭は何か違うことを考えたがってた。仕事が見つかったんだ。

（間。）

ローザ　ああフランツ、大好きよフランツ、それじゃわたしたちやっと……わたし考えてもいいのね……わたしたちいいのよね……

ミセス・ツッカー　しどろもどろで、もう妊娠してホルモンで酔っ払っちゃってるみたいだよ。だけど子供なんて、このフランツの稼ぎじゃ無理なんじゃないかねぇ、あたしがここに住むようになるからには。

（沈黙。）

ローザ　施設に入るって言ったじゃない。

ミセス・ツッカー　あんたが言ったんでしょ。施設に入るお金がないから、あんたたちのとこに来てるんだもの。あたしのことはあんたたちに責任を取ってもらうことにするわ。いやいやながら。（沈黙）そう、これがあたしのサプライズ。

（沈黙。）

ローザ　ママ、うちには部屋がひとつしかないの。それに机がひとつ、その上でわたしたちは寝てる、別の言い方すれば、ベッドがひとつで、その上で食事してるわけよ。

ミセス・ツッカー　やわらかいマットレスを敷いて、折りたたみ式の衝立を間仕切りにすれば、それでじゅうぶん。頭を使いなさい。

ローザ　わたしは一日中仕事で……

ミセス・ツッカー　フランツの稼ぎがよければ、あんたは辞められる。

（フランツは両拳を開いたり握ったりしている。）

ミセス・ツッカー　四十年間、夢を見てきたのよ郵便局で、四十年間。話し相手が要るの。あたしだって人間だもの。

ローザ　そうね。ママだって人間。

ミセス・ツッカー　ガソリンスタンドの店員になれたらねえ……

（フランツは両拳を開いたり握ったりしている。ミセス・ツッカーはトランクを取りに行き、ローザは手伝う。）

ミセス・ツッカー　今はまだ孫はいらないわ、ローザ。そんなことは、あたしにもう切断するところがなくなってからにしてちょうだい。そしたら余裕はじゅうぶんよ……古い心は焼き払って、新しい心を生み出すの。だけど、子供もよちよちアンヨで、あたしの脚もよろよろじゃ、一緒にやってけないわ……

（フランツは両拳を開いたり握ったりしている。）

フランツ　焼き払うときはお役に立ちますよ。

ミセス・ツッカー　フランツ、あんたは口数が少ないけど、その少ないあんたの言うことすら、あたしにはわからないんだよ。

フランツ　明日からベルガーの社員なんです。ベルガー父子商会。

ローザ　それなに。商社。工場。運送会社。

フランツ　葬儀会社。遺体を運んで、体を洗って、服を着せて、安置して、納棺する。（間）死体の皮膚に触ってみた。命の火はゆっくりと消えていく、あとに残るのは灼熱の芯。

ローザ　（まじめに）すばらしい仕事だわ、フランツ。（間）やりがいのあるすばらしい仕事よ。大きな大きな責任のある。いいじゃない、すごくいいじゃない。

フランツ　（小声で）ローザ、愛してる。
ローザ　（小声で）わたしもよ。
フランツ　（小声で）いよいよ子供をつくるんだ。
ローザ　（小声で）いよいよ子供をつくるのね。

（ミセス・ツッカーはトランクを開け、自分のベッドを整える。）

フランツ　手伝いましょうか、お母さん。
ミセス・ツッカー　死体洗いね。
フランツ　サービス業です。
ミセス・ツッカー　きれいな手でいなきゃね、お迎えがきたときは。稼ぎはどのくらいなの。
フランツ　なんとかやっていけますよ、お母さん。
ミセス・ツッカー　なんであたしに向かってお母さんて言うの。あんたは息子じゃないわ。（間）あたしには理想の人間像というものがあって幸福を夢見てたの。（間。大統領を消す）人間を卓球クラブなんかから解放したかった。（間）今は、寝ても覚めても煙草の夢。だけどあんたたちに何が残せるっていうの。甘っちょろいばっかりで。

（ミセス・ツッカーは横たわって眠りに就く。沈黙。）

フランツ　僕は良い医者になれなかったと思うよ。同情心に欠けてる。

ローザ　わかってる。あなたは、わたしを通り越して、わたしの後ろに立ってる別の人を見ているような気がするわ。でもわたしたちの子供はあなたを鏡のように見る。そうすればもしかしたらあなたは安らげるかも。

（フランツとローザは横たわって眠りに就く。暗くなる。静かにゆっくりと、溺死した赤毛の女が登場。彼女は裸で、さまよえる死者、彼女はローザとフランツのあいだに横たわる。）

四　エラI

（エラの夫、ヘルムートは金細工用のルーペを目にあて、両手で何か非常に細かいものを製作中。テレビでは大統領のスピーチが流れている。エラは見ているが、音は消してある。）

エラ　この大統領に宛てて
何本ぐらい書いたかしら、エッセイや
新聞の投書欄にも
彼が出演したテレビ局にまで。
彼の演説への返信として。

でもひとつも送らなかった。
何ひとつ送らずじまい。
ポピュリズムの限界を示すか、
白痴化の、
民衆の代弁者気取りの。
それとも
自ら民衆の代弁者になるか。
（間）
啓蒙。
（笑う）
政治で身を汚すのは御免だわ、
結局、
日々の仕事が過ぎていく、
資料室の歴史の脚注、壊れかけのフロッピー・ディスク、
日々の仕事が消えていく
まだこれから訪れるであろう、
大きな変革の歴史の中に。
（間）
でも誰が今時そんなこと信じるかしら。

（間）
今まで書いてきた本は、
焼き払ってしまった、
大いなる世界変革構想、
ユートピア社会理論
そんなものどうやって現実にできるの。
そんなもの焼き払ってしまった、
他人がそうする前に、
理想では何もはじまらないから。
（間）
腹の足しにもならないことにこだわるな、
私腹を肥やしたいなら、
そう思ってるんでしょ、ヘルムート。
でももう信じられない、われわれのためとか、われわれによるとか、
大局を見よとか
われわれが何かを変えるのだとか。
（笑う）
まだ信じられるのは偶発的なもの。
偶然、間違い、測量不可能なもの、

そういうものには感銘を覚える。
いわゆる意味をもたらすもの、
それは政治家に任せればいい、
意味をもたらすものは心置きなく
自然科学者に任せればいい。
そしてどういう結果が生じるのか、見ていればいい。
リューマチのクローン羊。
倒壊する高層ビル。
アフリカ奥地の大量殺戮。
(彼のところへ行き、彼の肩越しに見る)
時には格別美しいアクセサリー。
(間)
(テレビ。市街戦)
あの子供たちを見て。
あの子たちわかってなかったのよ、
政治は路上で行われないってこと。
知らず知らず大統領に手を貸してる
デモなんかで。
デモが何かの役に立つなら、

皆ここぞと路上に集結して、
そこらじゅうで、昼も夜も、休む間もなく
何かに賛成か反対のデモをするでしょうに。
あれを見て、
そこらじゅうに催涙ガス、
そこらじゅうに放水車、
そしてそこらじゅうにこんな子供たち。
あの子供たちを見て……
（沈黙。ヘルムートは自分の作業に専念している。エラは彼の後頭部を軽く殴る）
あの子たちみたいだったわ私も昔は……
自分を取り戻した、
歪んだ形であれ。
あなたは私と逆で
何も変わってない。
何十年もなんの変わりもない、
微々たる変化も。
でもあなたのそういうところが好きよ。
安定感があって。確実性があって。
全く問題なし。

自己疑念、世界嫌悪、開拓精神、
あなたの地図は未踏の地だらけね。
（彼の後頭部を軽く殴る。ロマンチックに）
あなた覚えてる……
私の核心。
（沈黙）
私の理論の核心は昔も……
私の理論の核心は今も……
世界の不確実性。
焼き払わなかった唯一の本。
（間）
信じることのできる唯一の本
（テレビに再び大統領）
経済と自然科学、
われわれの時代の宗教。
話題の的は、経済と私の成長、
話題の的は、経済と私の利益。
資本家っていうのも、
廃れた言葉よね。

去年のクリスマス
銀行からもらったの
クリスマス・クッキーのレシピを添えた手紙。
すごいじゃない、資本家が私のこと考えてくれてる、
資本家が確実な手段を取りたがってるのよ、
私のクリスマス・クッキーの成功のために。
資本家を一度
わが家へ招待したほうがいいかしら、
どう思う、ヘルムート、
お近づきになるために、
ゆくゆくは親しくおつきあいできるかも。
（間）
小口の客にはどんなふうに宣伝するのかしら
たとえば、マニラでは。
ゴムタイヤで靴を作る方法。
お札の繕い方。
モンスーンに強いトタン小屋の作り方。
（沈黙。大統領は相変わらず無音でしゃべっている）
不確実性が高まる。

抵抗が起こる。
（間）
同業者は最近トーク・ショーを開いたりしてるわ。
夜に。夜なら見に来る人もいるでしょ興味津々、
哲学者という人種がどういうものか。
（間）
音は消しておく。
口だけ見てると、
どうして躊躇なく言葉にできるのか。驚くわ。
（間）
人文科学は抵抗を
とうに諦めてしまった。
（ヘルムートの後頭部を殴る）
でもそんなこと私たちには関係ない、
そうでしょ、ヘルムート。
私たちには別の心配事がある。
この石にも傷はないか。
アクセサリーにできるだろうか。
（間）

すべてに答えを出すのは自然科学、
人文科学はもはや答えを出さない。
人文科学は問題提起すらしない、
人文科学はただ朦朧としてるだけ。
人文科学は影響も成果も
もたらさない、
それが腹立たしい。
卵のない卵細胞はありえるか、
クローン遺伝子の生命はありえるのか、
脳がなくても考えることができるのか、
すべてに答えを出すのは自然科学、
というより、答えは出さない、
けれどそれぞれの答えに見合う証拠を見つける。
自然科学をこれ以上は
拒めない、
私は自然科学の
言いなりになる、
それに携わる者たち、自然科学者たちの、
自然科学者と寝て

賢くなってやるわ。
遺伝子を受け継がなくても、セックスがものを言う、
という認識に基づいて。
(笑う)
自然科学の分野で、
今一番偉ぶってるのは、
バイオ・サイエンスっていうの。
(笑う)
可能性はじゅうぶん、
出てくるわよ
新しい人間が。
そうでしょ、ヘルムート。
(彼の後頭部を殴る)
新しい人間が、
古い問題を解決してくれる。
(大統領のスピーチ)
アイ・アム・ウォッチング・ユー、ビッグ・ブラザー。
(沈黙)
アイ・アム・ウォッチング・ユー[2]。

五　発見

（ファドゥールはバス停でゴミ箱を漁っている、それを終えると座って待ちながら、ベンチの下のレジ袋を蹴飛ばしている。何度かは意図的にその中身を確かめようとして蹴飛ばす。屈み込んで、ちょっとためらいつつも袋を取り出す。袋の中にはさらにいくつか袋が入っている。ファドゥールはあたりを見回す。袋をベンチの下へ戻す。ところが気になってしかたないのか、退屈でしかたないのか、再び取り出す。袋の開口部を掻き分けて中を見ようとすると、そこへ少女がやって来て、同じく停留所のベンチに腰掛ける。ファドゥールは袋をさりげなく元の場所へ戻す。沈黙。）

少女　傘を見なかったですか。

ファドゥール　傘。

少女　そう、傘。雨をよけたり太陽をよけたり。パラ・プリュイっていうか、パラ・ソルっていうか、傘です。知らないんですか、傘が何か。

ファドゥール　ここに傘はありませんよ、マダム。

（間。）

少女　本を見なかったですか。
ファドゥール　本。
少女　そう、本。読むもの。ここに置き忘れてしまって。傘と一緒に。三十分前に。バスで港まで行ったんですけど、傘と本を置き忘れてしまって。（間）『世界の不確実性』っていう本。
ファドゥール　もうないですよ。本も傘も。誰かが持ってちゃって、それで、どっかいっちゃったんじゃないですか。
少女　嘘。何か見つけたのに嘘ついてる。
ファドゥール　だってマダム、見ればわかるでしょ、ベンチの下にあるのはゴミの詰まったぼろっちい袋、僕のじゃないけど。
少女　さあ、見えない。あたし見えないから。
ファドゥール　見えないの？
少女　あなたは聞こえないの。（間）騙されないわ。本を袋の中に隠したでしょ。
ファドゥール　本なんか隠してないよ。なんにも、っていうことはそれ、点字で書いてあるんだろ。
少女　傘を袋の中に隠したでしょ。
ファドゥール　ふぅ、どこにも雨なんか落ちてない日に、どこにも太陽なんか見えない日に、傘盗むっていうの俺が。
少女　そう、明日のこと考えて備えておく人もいるから。
ファドゥール　あんたほんとマジで目見えないの、へえ。（笑う）ねえマダム、俺は黒人で、外国人で、港で無許可で仕事してて、もし傘でも本でもなんでも盗んだりしたら、無許可なのに、目も当てられないバカってわけで、しかも傘でも本でも無許可で盲人から盗んだとなれば、港で沈められても文句は言えないバカなクロブタ。そういうことさ。

（沈黙。）

ファドゥール　俺のジャケット貸してやるよ。明日降るかもしれない雨よけに。

（沈黙。）

ファドゥール　じゃあ、袋の中を調べてみてくれ。（彼は彼女のほうに袋を押しやる）どうぞごゆっくり、ゴミの中に手を突っ込んでみてくれ、俺に指をなすりつけて拭かないでもらいたいけどね、マダム。

少女　毎日誰かがあたしを騙そうとする、お釣りとかいろんなことで、知らない誰かがあたしを騙そうとする、前に立ちはだかって問い詰めると、その人は自分の軽率さに愕然とする。クリスマスには善き市民で海難救助の募金したりしてるのに。

（間。）

ファドゥール　なんで海難救助なの。

少女　ひっきりなしにこの海岸で誰かが危険な目に遭うから。ひっきりなしにこの海岸で誰かが助けを求めるから。

（間。）

ファドゥール　助け。（間）泥棒の手を切り落とすんだ、俺の生まれたとこじゃ、もう片方の手でまた盗みをしたら、そっちも切り落とす。偽証したら舌を切り落とすし、姦通したら石打ちの刑。殺人は死刑。俺が泥棒だったら、もうとっくにスタコラサッサと逃げ出してるよ、人を見る目がありませんね、マダム。

少女　気を悪くしないで。あなたの言うこと信じる。（間）他にはどんな罰があるの、あなたの国では。

ファドゥール　まだいっぱいあるよ、学者も知らないような罰が。裁判官ってなかなかのアイデアマンだからね。

少女　目がつぶされる罰もあるの。そういう罰があるなら、目がつぶされるのは、何をやった人？

（沈黙。）

少女　どんな犯罪があるかな、とくに目に関係するのって。

（沈黙。）

ファドゥール　目には見えないものを見ることができて、それを黙っていられない人。

少女　それじゃ犯罪にならないでしょ、目には見えないことをする人でなきゃ。

ファドゥール　裁判官は目の付けどころが違うのかもな。裁判官は正義の目で見るから、俺たちの国の正義はシャリーアっていうんだ。この正義は、片足になっても片目になっても、絶対に揺らいだり覆されたりしないんだ、絶対に。

少女　あたしの国では、正義ははじめから目隠しされてる、長い歴史なの、古代ローマ人の頃から。

（ファドゥールは笑う。）

少女　優しいのね。

（間。）

ファドゥール　聞かないから。

（少女は頷く。）

ファドゥール　聞きそうになったけど。聞きそうになったけど、誰が君を目隠ししたのか、でももう聞かないよ、マダム。

少女　どうしてさっきからあたしのことマダムって呼ぶの。

ファドゥール　さあ、そう言わない。礼儀正しくしてるつもりなんだけど。どうしたらいいのかな、外国の女性によそよそしく思われないようにするには。

少女　あたしの声って低い、マダムっぽく低いかんじ。

ファドゥール　低いよ、すっごく。パーフェクトなマダムの低い声。完璧、アブゾルート。

少女　（笑って）完璧、アブゾルート。

ファドゥール　そう、そのとおり。（笑う）

少女　（笑って）違うの、あなた今あたしの名前を当てたのよ。あたしアブゾルートっていうの。完璧、パーフェクトな女。

ファドゥール　アブゾルート、会えてうれしいよ、完璧に、俺はファドゥール。

（二人は握手する。）

少女　次の港行きのバスが来ても、あたし乗らない。（間）あなたも港まで行くなら別だけど。

ファドゥール　うん、でも俺……友達を待ってるんだ。友達が新聞買いに行ってて。知ってる、昨日

少女　事故があって、だから今日の新聞に載ってるか、見てみようと思って。
ファドゥール　どんなふうに罪が広まっていくか知りたくて。
少女　俺たちは眠れないのか。友達は良心の眠れない夜に怯えてる。
ファドゥール　どんなふうに罪の自覚が広がっていくのか知りたくて。
少女　どんな事故だったの。
ファドゥール　ひっきりなしにこの海岸で誰かが危険な目に遭う。ひっきりなしにこの海岸で誰かが助けを求める。（笑う）ちょっと見てみよう、忘れ物で祝杯あげられるかもしれないよ、アプゾルート、このぼろっちい袋の中、俺たちの出会いを祝して。

（彼は袋をごそごそひっかきまわす。）

ファドゥール　ゴミばっかり。（袋がどんどん出てくる）袋の中は全部ゴミ。（次々と袋を取り出すが、むかついて手を止め、ゴミ箱に向かう）売店で小瓶でも買ってくるよ。（全部投げ捨てようとして、中身にはっと目を留める。立ちすくんで、よくよく見て、顔ごと袋に突っ込む）なんてこった……
少女　なに、どうしたの……、何か見つけた、ファドゥール。

（ファドゥールは袋をかき集めて、ゴミ箱から取り出す。ベンチの反対側の端に座り、少女の手が届かないところで袋を抱え込む。）

ファドゥール　ゴミ、クズ、ゴミ、クズ。

（バスが来る。アプゾルートは平然と座ったままバスを見送る、ファドゥールは、乗り込んで消えてしまいたい衝動を抑える。）

少女　（笑って）あなたが泥棒なら、今がチャンスだったのにね、消えてしまえたのに、さりげなくあとからさよならって。

ファドゥール　（ぼんやりと）ああ、確かに。

少女　信用してるのね。あたし、あなたを信用してる、信じてる。

（沈黙。ファドゥールはひそかに袋の中を覗こうとする。）

少女　あたしも港で仕事してるの。ちゃんと許可をもらって、許可がもらえるのはありがたいわ、ほんとに。

ファドゥール　何の……

少女　踊ってるの。港のバーの踊り子。小さな丸い舞台の真ん中にキンキラのポールが立ってて、音楽が始まると、それはあたしだけのもの、そして踊るの、あたしを見たがってる男たちのために。

（沈黙。）

少女　ポールはあたしの助け、目印、支え、道しるべ。盲人用の杖。もちろん他の何にでもなるわ、とくに今あなたの頭に浮かんでるものとか。

（沈黙。）

少女　がっかりした。
ファドゥール　裸。裸なんだよね、踊るとき。
少女　全部脱ぐわ、局部を隠すタンガだけ残して。胸にはちっちゃい金色の星をつけて、それでじゅうぶんに……
ファドゥール　もういい、もういい。
少女　ショックだった。
ファドゥール　ふぅ、そういうわけじゃないけど、俺の故郷じゃ、そういうのは……どこにでも、つまり実際のところ……
少女　普通にあるってこと。
ファドゥール　そう、そこらじゅうにあるんで、何とも表現しようがないんないけど……ああ、君があばずれのすれっからしでオイルまみれのストリッパーだなんて、神様、神様……

少女　あたしのこと見たくない。
ファドゥール　俺……絶対嫌だ。そんなことしたら目がつぶれる、おしえといてやる。そういうおかしなこと言うやつは、真っ赤に焼けた鉄で目つぶしの刑だ。
少女　（彼の手を取って）あたしを見て、お願い。あなたに見てほしいの、あたしの体全部。
ファドゥール　わかった、けど他の男どもと一緒は御免だ、俺は決して……
少女　じゃあ二人きりだったら、見てくれる。あなたのためにだけ踊るのなら、あたしを見てくれるでしょ。
ファドゥール　うん、それならできるかな、それだったらたぶん、うん、なんとか大丈夫かもしれない。
少女　ファドゥール、あなたひとりのために踊る、あなたひとりのために脱ぐ、でもまず、他の男たちと同じようにあたしを見て。他の男たちがあたしの体全部を眺めるようにあなたも見るのよ。あの人たち通りであたしとすれ違うと、こそこそおどおどしてるの、自分の視線があたしに気づかれてるかもって思うから。そうやってこそこそするのはあたしへの軽蔑。でもバーであの人たちのために踊れば、あたしを堂々と見るわ、あたしを見て、欲しがってるのがわかる、それなら、あの人たちに敬意を払えるの。
ファドゥール　他の男どもと同じようにしろって、他の男どもと同じように君を見ろっていうのか。理解できないよ。
少女　でもあなただって他の男と同じ。だからこそ、あなたを好きになれる気がするの。それとも、自分は他の男と違うって思ってる。もし、自分は他の男と違うって思ってるんなら、

ファドゥール　あなたを好きになれない。
少女　ちょっとは同じかな。だけどちょっと違ってるのも確か。いや、正直言うと、全然違う。いや、正直言うと、同じだ。わかった、じゃあ、俺は他の男どもと同じだ。
ファドゥール　あなたが他の男たちと同じなら、おしえてあげる、あたしが踊ってるのはブルー・プラネット、そこに来てくれればあたしを見られるわ、毎晩、真夜中ごろに。今度はあなたがおしえてくれる番よ、どこに住んでるの、そこに行けばあなたを連れ出せるでしょ、ブルー・プラネットに来ないとき。
少女　俺たち、俺たちは、あの高層ビルに住んでるんだ、友達のエリージオと俺と。ガソリンスタンドの向かい側のオフィス・ビルに、空き家のままで、取り壊されないかぎりは。
ファドゥール　自殺ビルね。
少女　アスベスト・ビルだ。
ファドゥール　次の港行きのバスが来たら、乗るね。
少女　友達を待たないと。
ファドゥール　わかってる。（間）これでやっと袋の中を見れるじゃない。

（バスが来る。アプゾルートは乗り込む。ファドゥールは袋の中を見る。沈黙。）

（エリージオが新聞と傘と本を抱えて登場。）

エリージオ　おい、こんなもん見つけたぞ。点字で書いてある。

六　飛び降りるのか飛び降りないのか

眠る　永遠に　永遠に眠る
ちょっとぞっとする
賛成　異議なし
全然わからない
できるかもしれないけど
でもわからない
わからない　けどできるかも
（間）
いけるんじゃないか　想像してみよう永遠の眠りとか　いや退屈だな　ダメ　不賛成
どうして　やっと休める　それが望みだろ
もう　でも　長くなくていい　永遠でなくていい　どうせ考えても無駄か
無理だ
今ならいけるか
（間）

永遠は時にあらず　ひとたび永遠に身をおけばそれと全く気づかない　時が何かわからなくなる　日時を考えなくなる　誰かがやって来て何時かと尋ねてもちょっと見返してふんと言ってやるだけ
そんなもんさ　そんなもんだ
たとえば明日の不安もない明日はないのだから　来週はないのだから　一年後はないのだから　今がすべて　この瞬間がすべて　この瞬間になければどこにもない
そんなもんさ　そんなもんだ
（沈黙）
でも記憶は
どうかな
記憶はまだある
（間）
そりゃそうだ
昨日はまだある　先週はまだある　去年だって
そりゃそうだ
おい　今だけがすべてじゃないのか
もう一人の自分は頭の中にしかない　過去の自分
何だっていい　痛みなんか　かまやしない膝だろうが耳だろうが　痛みなんか
（間）

消せばいいんだ　過去の痛みを全部消してやる
（沈黙）
ちょっと待った　ちょっと待ったそうじゃないだろ　こういうことか　永遠には昨日はない　明日がないなら昨日もない　当然だ　すべてはひとつで同じ　つねに今　そういうことだろ
なんとなくおかしくはないか　眠りはどうなる　もしそうならつまりもしそれが決して終わらないあるいは延々と繰り返される一日だとしたらどこが終わりでどこが始まりかわからない　それはまずい
（間）
そんな一日を過ごしてどれくらい楽しめるものか想像してみるけどある日とつぜん一日たった一日になっていてもう終わりはないなんてそれは絶対まずいだろ
わかりやすく言うと　その一瞬に気持ちよく心地よく思い巡らせながら綿菓子みたいに負のエネルギーも怒りもふっとんでほとんどドラッグに近いかなりそういうかんじ
そんなもんさ　そんなもんだ
そして　もうこの瞬間は終わらないこれが忌まわしいトリックそれがニュートンの仕組んだ内なる永遠のとてつもない不断超絶至高のオルガスムス
それで殺られるんだ
じゃあ飛び降り中止か　じゃあ飛び降り中止か
地獄だ劫罰だ悪しきカルマが生まれ変わりがどうのこうのってそれがなんなんだ

そうじゃないか
牧師に聞いてみな　ムフティーでも　ブッダの弟子でも
そういう連中の一人がもうそこに立っていた　オーク製の目で見ていた
知らないのか　もう死んでるぞ　皆諦めてる　ママもパパもおまえの枕元で号泣してる
医長が悲しげに首を振るとおまえは完全に浮かび上がって事の次第を見下ろしながら完全に肉体から離れて完全にトンネルを擦り抜けて向こう側の明るみへ出ていった　それで今は自分自身のはるか上方にぷかりと浮かんで医者の禿げ頭を眺めているのだ
知ってるよ
それが何か
彼らは本当は死んでなかったというだけ　それが科学と何か関係があるのかというだけ
真面目な話　最終ページの雑報欄
そんなもんさ　そんなもんだ
（沈黙）
過去の人生がなんなんだ
そうじゃないか
思い出せばいい　それを思い出せばいい　記憶があるならそれを思い出せばいい
そりゃそうだ
過去のことは覚えている忘れもしない
そうだ　永遠の中でも自分が誰なのか自分が自分で他人でないことぐらいわかってないと

だめだ
そんなもんさ　そんなもんだ
（沈黙）
どう思う
あとはどうなるかよくわからない
誰にもわからない
リスクはある
だろうな
誰にもわからない
どう思う　賛成それとも反対
どちらかといえば賛成　リスクはあるがどちらかといえば賛成
誰にもわからないから
自分で探るしかない　いずれにしても
そんなもんさ　そんなもんだ

七　ミセス・ハーバーザットの事件簿Ⅱ

何人か通りを駆け抜けてくる

こちらに向かって
うわぁーうわぁーどけどけと叫びながら
あるいは何も
叫ばずに
わけがわからずわけがわからず
子供はわたしの手を引っぱり
わたしは犬をたぐり寄せ
何かが迫る
それは何
そこへ銃声がどこ銃声はどこ
どこからわかるのどこへ
一人のじょ……女性が地面に倒れ
レジ袋からオ……オレンジが転がりた……卵が
潰れて
殻がパリパリとはかない音を立て
犬がそれを舐め回している
どこに向かって走ってるの何を何をするつもりなの
隣の男性が吐いて吐き出して壁に向かってぶちまかれる血
子供を抱えてうずくまるとそこはもう真っ赤

じかにい……犬の糞の上にじかに
犬の糞の上にこれは痛み
腕にとつぜん痛みはない痛みは
あとからくる
七人死亡
すいません
まだ名乗ってもいませんでしたわ
ハーバーザットと申します
いいえその少年を見てはいません
脚だけだから見えたのはブーツ
でも全然汚れてなくてでも
わたしの顔は舗道の上で黒いい……犬の糞
卵の黄身が散らばり腕から血が流れ
黒赤黄なのが妙におかしい(3)
わたし母親なんです
忘れることはないそれは
自動連射のすさまじい音それは決して
替えて替えて替えて別のチャンネルにして
わたし母親なんです

め……め……男性の目がわたしの隣に転がって
歩道にひとつだけこっちを見てる
じ……じっと見てるもう瞬きできないから
ウードの母親です
（沈黙）
彼女と話すつもりはない誰もわたしを
無理強いできない誰もわたしを
七人死亡二十一人負傷わたしは
無事だったでも
殺人鬼ウード
（沈黙）
ショックはあとからきて永遠に残る
これからわたしたちの心のケアをしようというのでしょうけど御免だわ
心の世話人
彼らはわたしに
ずっとあのことを思い出させるずっとあのことを思い出させるずっとずっと
ああアヒムでしたかああそうでした
まぁはぁええそりゃ
もちろん難儀でしょう母親ですから

犯人の
母親はいつだって難儀です
そうなんです
わたしはアヒムの母親です
ですからどうか許してください
できることなら
彼女がこうして自分を責めていること
彼女の間違ったこのくだらない行為を
許してください
印刷所の事務員
息子に手をかける暇がなかったんでしょう
こういうことはむしろ社会全体でなんとか
いつもあの子に言ってたのにですからアヒムに
こういう染みは六十度じゃ落ちないって
そしていきなりいきなりわからないわからない
弾がなくなったのかなんなのか
彼は銃を口に入れて引き金を引いた
見た見た見たんです入れたのを
悪気じゃなかった

い……命は助かったかも重い障害が残っても
右手だとみんなこぼしてしまって
腕のき……傷はもうほとんど癒えました
悪気じゃなかった
引き金を引いたのを見た見たんです
そのまま後ろに飛ばされてまるで圧力鍋の蓋みたいに
そうやって飛ばされて何もかもぐちゃぐちゃになって
湿った刷りたての匂い
うそっぱちうそっぱち
この罪母の罪は一筋縄ではいかない
でも彼女はわが子を失ってもいるのだ
結局のところ
息子は詩を書いてるんです
お聞かせしたいわ
わたしは歩き回ってかき集めた
全員じゃない全員じゃないけど
い……生き残ったうちの十人は出してくれた
遺族も何人か
わたしは無事だった所詮人間は分別とやらでなんとかする

犬だけがおかしくなった
八百ユーロ集めたなんてバカじゃないのわたしは一銭も出さない
そう美しい見せかけのポーズ
わたしたちが考えたのは一週間
スペイン
とかそういうこと
ないようですね
何も何も連絡がありませんので残念ながら

（沈黙。）

封筒をベンチに
手をつけてませんよ何考えてるんですか
（沈黙）
自分のものと自分のものじゃないものぐらいわかります
（間）
すべて国の所有に帰します
ゆくゆくは
その後おかしなことが起こったというのも

殺人鬼の母親が名乗り出たのだ
幼い息子アレクサンダーを失ったわたしのところに
彼女は葬式のあとにやって来た
つまり本物の母親が
そして別人と判明したミセス・ハーバーザット
こちらは母親でもなんでもなかった
つまり
誰の母親でも
ないようですね
何も何も連絡がありませんので残念ながら
ともかく彼女を告発しました
わたしたちでは飽き足らなかったようで
新聞から事件記事を拾っては
歩き回って犯人のママになりすましていました
一通り全部やったようです
狂人や強姦に強盗殺人
そして通り魔殺人が最後でした
彼女にとっての
自分のものと自分のものじゃないものぐらいわかります

今後は心理療法が必要になるでしょう
今後は保護観察
自由の身です
すべて国の所有に帰します
ゆくゆくは

八　神は袋の中に自らを遣わす

ファドゥール　エリージオにはまだ言ってない。金の隠し場所はこのアスベスト板の裏、俺は口に……チャック。（間）最初は偽札かと思った。二十万と八十九ユーロ七十七セントがどうやってバス停のベンチの下にもぐり込んだのか、ってことだ。に・じゅ・う・まんユーロ。古い札で。プラスはちじゅうきゅうユーロななじゅうななセントがコインで。じゃあ俺は五十ユーロ札を一枚もらっておこう……四千枚の五十ユーロ札のうちの……で煙草でも買うか、読み取り機のあるスーパーで。レジ係に言ってやる、よく見ろ、俺はピアノのラッカーみたいに真っ黒、この札を見ろ、五十ユーロ札、俺があんただったら即座に、この札をランプの下にもってくところだ、たぶんこれは本物じゃないだろうって。彼女は拒む、人種差別主義者じゃありませんからって、俺を見て、信用しますからって。どうしてそういうことになるんだ。これは信用の問題じゃない、と彼女に言ってやる、これは人生経験の問題だ。そうだろう。彼女は、俺がなぜ挑発的態度なのか理解できないと言う、彼女に外国人問題はないらしい。わかった、と俺は言い、上等だ、と俺は言い、じゃあたのむから職務を遂行する意味で透かして調べてくれこの札の真理を。結局マニュアルとかあるんじゃないの、誰でも五十ユーロ札の真理を確かめられる、そうだろう、それともブラック・ボーナスとかあって、優遇してもらえるわけ、俺が黒いからとかそういうことで。彼女は、それを言うなら、真偽、真偽、真理じゃなくて、言われなくてもとっくに札を調べてたのに、つまんないこと話しかけてこなければはじめから、つまんない話はお断り、黒人とでもお断り。この白人の理屈に唖然としながら、なんでまた俺に親切だったのか、彼女の神経を逆撫でしたのに、俺なら神経を逆撫でされたら、あえて親切にはしないと言うと、彼女は、それがまさにあなたの狙いだったんでしょ、私が挑発されて冷静さを失うのが、俺は、なんで挑発なんか、ただ知りたかっただけで、この札が本物か偽物かあんたにわかるかなと思って、そうすりゃ俺たち二人また安心して寝られるし、彼女はなんだかけんか腰で、それなら銀行に行けば、そうすればわかるでしょ、俺は、銀行には行ってみた、銀行には行ってみたけど、あいつらは信用できない、彼女は俺を見て、ほんといらつくわ、そして札をランプにかざし、本物です、俺は、恩に着るよ、そうじゃないかと思ってたんだ。

（沈黙）

俺はバカな人間で。何もわからないけど……政治とか。科学とか。でも逃げる勇気はあった。慣れ親しんだものをあとに残して。

（間）

この俺の全部、俺が何で、誰で、どんなでっていう、全部ひっくるめた俺の人生、それはたった一文字にかかってるんだ。俺の人生、俺の運命はこのたった一文字にかかってる。

ア・メ・リカ人……ア・フ・リカ人。

俺の人生はこの二言で語れるんだ。

（間）

俺が信じてるものを、おしえてやろうか。

（長い間）

袋の中の神。

（間）

といっても神の存在は俺たちしか証明できない。なぜか。海の女を助けてたら、説得力あったんだけど、彼女を死なせるのは神の意志じゃなかった、神の手が彼女を助けたんだって、俺たちを介して。（間）いやこういうことか。なにかすばらしいことが起こって、予想外にいいことが起こって、だけど説明がつかないから、神という名の力を信じるんだ。

不幸がふりかかったら、それは神が死んじゃったってことだ。

でも俺たちはそうなんだ。俺たちは。俺たちの中に神がいる。神の力があるんだ。俺たちが残していくのは、髪の毛とか匂いとか美しさとかじゃなく、善かれ悪しかれ、行動だ。俺たちのしたこととしなかったこと、言ったこと、考えたこと、それが君たちの記憶に残るんだ。

君は忘れないだろう、俺が君の目を見て、君の中に神がいる、と言うこの瞬間を。神は俺の中にいることがこれでわかった、神は俺にこの袋をくれたからね。神自身を、袋に入れて。ばっちい袋に古い五十ユーロ札。二十万ユーロ。プラス八十九ユーロ七十七セントがコインで。（間）神は、俺がこの金を警察に届けることを、お望みじゃないんじゃないかな。だって警察は神じゃないし、警察は本当と嘘が見分けられないし、証人がいれば別だけど、ア・フ・リカ人は真実の証人になれないし、万国共通で。だからやつらは俺から金を取り上げて、報酬はルフトハンザの帰国便。そんなの神はお望みじゃないし、俺もお望みじゃない。

耳を澄ましてみた。そっと聞いてみる。袋の中の神が言ってる。ちょっとがんばってみろ！　金はとっとけ！

俺の中の神が答える。何かでかいことをやってやる！　人類の記憶に残るようなことをやってみせる！

この袋で！

九　フランツは彼の仕事を、ミセス・ツッカーは柔な心を、ローザは彼女の体を、見せる

（フランツとローザの部屋。この間にミセス・ツッカーは左足を切断している。テレビには大統領が映っている、無声で、乱れた画像で。）

ミセス・ツッカー　ガソリンスタンドの店員になれたらねえ……

（沈黙。）

ミセス・ツッカー　ガソリンスタンドの店員になれたらねえ……

ローザ　もう、ママ。

（沈黙。）

ミセス・ツッカー　ガソリンスタンドの店員なら、煙草一本あればいいのよ、それで全部吹き飛んじゃう。（間）そんなこと時々考えるわ。（間）でもあんたんとこにはガスもきてないんだから。どうしようもないじゃない。

ローザ　ここはママの家でもあるの。

ミセス・ツッカー　だからなによ。

ローザ　わたしたちも一緒に吹き飛ばすつもり。

（間。）

ミセス・ツッカー　口答えかい。
ローザ　ママ！
ミセス・ツッカー　仮にもそれはないでしょう。あたしは母親、いい、あんたは母親じゃない。それにあたしの見通しじゃ、あんたは決して母親にはならない。
ローザ　だって言ってたじゃない……それにどうしたらいいのわたしたち、ママと一緒にひとつの部屋に……
ミセス・ツッカー　あたしだってお邪魔はしたくなかったけど。あんたの父さんとあたし、空襲の最中にあんたをつくったのよ、防空壕で。あんたの父さんは戦傷で除隊になったところで、あたしたち、ぎゅうぎゅうに詰め込まれてひといきれでむんむんするなか、皆息をこらしてたわ、爆弾のせいでなく、受胎のせいで、防空壕のど真ん中。セックスしたのよ、知らない人たちに囲まれて、あたしはもう四十過ぎだったけど、あたしたちいろいろ試して……
ローザ　ママ、終戦の頃なんてまだちっちゃい子供だったでしょ。
ミセス・ツッカー　かもね、かもね。でもそういうことありえたんじゃない……違った、あれは再国有化のデモのときよ。あたしコミュニストだから再国有化には断固賛成で、郵便局の窓の十字の桟に鎖で繋がれてたの。父さんも十字の桟に繋がれてたから、あたしたちまるで磔刑のキリスト、でも下半身は縛られずに自由に動かせたから、欲望の赴くまま……
ローザ　それ、この三日間で七つ目のバージョンだと思うけど。
ミセス・ツッカー　でもそういうことありえたんじゃない。すごくありえたんじゃない。少なくとも四人の子供のうち一人は忘れがたいつくり方をしたわ。（大統領を眺めて）決して味気ない夜じゃなかった、目を閉じてなまぬるい汗をかいてるような。翌朝には眠りを妨げられた煩わしい記憶だけが残るような。

（沈黙。）

ローザ　わたしの顔も覚えてないのよね。顔に置かれた手の感触も覚えてない。何も知らないけど彼の手って、どんな感じなのかな、私の体のどこかに降りてきたら。

ミセス・ツッカー　（大統領を眺めて）人間を見ればわかるもんよ、なまぬるい夜になまぬるいベッドで、うっかりつくられちゃったか。世の中を闊歩するに値する情熱的正当性があるかどうか。

ローザ　彼にはわたしがわからないのね。

ミセス・ツッカー　あたしを見て。（間）ローザ、あんたはしゃきっとできない子だね。あたしに似ないで。あたしは一本足でもいっぱしの女。だけどあんたときたら二本足なのにからきし色気がない。ほら、あたしの口紅あげる。

（ローザは泣く。）

ミセス・ツッカー　よし、よし、よし。（間）苦労かけてるのはわかってる。悪いね。死んだふりで

ローザ　もしようかね。

ミセス・ツッカー　（気を落ち着けて）フランツにテレビ直してもらわなきゃ。

ミセス・ツッカー　とんでもない。バラバラにしといてやりゃいいさ。（間）お慰みはけっこう、必要ないわ、何でも一人でやるから。

（ローザは再び泣く。）

ミセス・ツッカー　欲しいならものにするのよ、ローザ。これを毎晩自分に言い聞かせなさい。

ローザ　わたしの願いは、人生が前に進んでいくこと。それが心からの願いなの。

ミセス・ツッカー　子供のベッドは流しの下に置けばいいじゃない、バケツをどかして。無くなるべくして無くなる、って自分の脚にもずっと言い聞かせてるのよ。

（フランツが骨壺を持って登場。彼はそれを、他の骨壺がいくつか置いてある棚に並べる。）

ミセス・ツッカー　ずいぶんたくさん持ち主不明の死体があるもんだね、どういうわけか。

フランツ　引き取りに来ないのもある。嫌がられるのもある。誰も知らない人みたいに。でも僕は知ってる。脱がして洗って。髪を梳いで、入れ歯を揃えて、最後の肌着を着せる。僕は知ってる、他に誰も知らなくても。

ローザ　フランツ、忘れ物の骨壺を全部持って帰って来ることはないでしょ。

フランツ　いや。いいんだ。

ローザ　でもどうするのこれ。

フランツ　僕たちが思い出すんだ。

ローザ　お墓では誰も思い出さないから。

フランツ　うん、名もない片隅の石に誰も足を止めたりしない。

ミセス・ツッカー　（テレビを叩いて）給油機、煙草。大爆発でおしまい。

フランツ　どんどん増える死体。どんどん増える引き取り手のない死体。

ミセス・ツッカー　（ローザに）十字の桟のこと思い出すのよ。（彼女は顔にハンカチを掛ける）

フランツ　（大統領を眺めて）今日また自殺が二人。自殺が二人。自殺ビルから飛び降りた。

ローザ　（大統領を消して）フランツ、何か別のこと考えてよ。

フランツ　生きることは、ただひたすらに死を待つこと。そして僕は、待つことを職業にした。（間）すばらしい職業だ。

ローザ　（服のボタンを外して）手を汚さず、考えを汚せ。

（二人の自殺者が登場、裸である。フランツが話すあいだ、彼らは机の上に横たわり、フランツは彼らを洗う、顔、手足をひとつひとつ、献身的に。）

フランツ　僕らの暮らしが良くなればなるほど、自殺者はどんどん増える。上り坂になればなるほど、人が進んで死んでいく。これって妙だよな。（間）貧しければ皆じっとしてるのに。

ローザ　（服を肩からすべらせ、動かずにいる）あなたがわたしを見てくれないなら、わたしもう動けない。
フランツ　そして僕は、自分を使って、自分を使い込んで、死者のために。ひたすら死者のために。

（ローザは服を下に落とし、全部脱いで、二人の死者のあいだに横たわる。）

ローザ　ちょっとは見てくれると思った。
フランツ　はじめは思った、急がないと。一人死んだら一人産まないと。
ローザ　わたしのほうに振り向かないで、やめて、そんなことしてほしくない。ただ、わたしをちょっとだけ見て。
フランツ　だけど僕の手を彼女の膚に置くと、抑え込もうとする何かが、手を通じて体の中まで侵食してくる。
ローザ　そしてわたしに言ってくれる、今日の君はとてもきれいな髪の色だね……

（フランツは、ローザに触れることなく、洗い終える。彼は彼女の左右にいる二人の髪を梳かす。）

フランツ　患者相手のときはこうだった。僕は同情心に欠けてた。同情心が沸かなかった。だから彼らの体に痛みを走らせることができなかった。彼らに傷を付けることができなかった。彼らを治すことができなかった。（間）今はもう同情心はいらない。彼らの命の最後の名残を洗い流す。そして最後に、彼らの体の開口部を塞いで送り出すんだ。（間）わかるかい、ローザ。

（彼は髪を梳かし終える。体の開口部を塞ぐ。二人の死者と並んで横になり眠りに就く。沈黙。）

ローザ　それとか、ほんとよくやってるなブラウスにアイロンかけるのも、何でもきちんと心を込めて。あと、花を一輪差してくれたりとか造花の入ってる花瓶に。一本だけ本物を。それがお葬式の花かどうかなんて知りたくもないけど。わたしに触りたいなら、墓地のどこか二人きりになれる場所を探せるわ、全然気づかれずに誰にもわからないように……それから、ある日、朝ごはんのわたしのお皿の横にモン・シェリ[4]がぽつんとひとつ置いてあるの、ココナッツ・クッキーでもいい、わたしはそれをわけ知り顔でしばらく眺める、上着のポケットに突っ込む前に、そして何度も握りしめると、溶けてくのがわかる、モン・シェリが……
（沈黙）
お金があったら、ほんとにたくさんお金があったら、月に一度くらいホテルに泊まってもいいかな、部屋に入るとテレビに「ようこそいらっしゃいませ、ローザ様」って出てるようなホテル、ベッドメイクしてあって、枕の上にキャンディーとか……

十　アプゾルート

（ファドゥールとエリージオのねぐら。エリージオだけがいて、眠っている。アプゾルート登場、音を立てないように、注意しながら。）

アプゾルート　ファドゥール……ファドゥール……

（彼女は眠っているエリージオを見つけ、彼の顔を手で探り、ファドゥールだと思い込んで、毛布の上から下から、衣服の上から下から、彼の体を手で探って確かめる。エリージオは眠りながらも、本能的に喜んで愛撫に応えようとして……）

アプゾルート　あたしの本。あたしの本がある。盗んだ。ファドゥール、嘘ついて盗んだのね……

（彼女は毛布の下から這い出る、本を手にして）

エリージオ　（ぱっと目を開けて）なんて夢だ……

アプゾルート　（耳を澄まして）もう一度言って……

エリージオ　なんて夢だ……

アプゾルート　えっと、えっと、えっと……（間）あたし、間違えちゃったみたい。えっと、えっと、えっと、困ったわ。どうして言ってくれなかったの。

エリージオ　夢を見てたんだ。

アブゾルート　どうしてこの本あなたが持ってるの。
エリージオ　見つけた。新聞スタンドで。傘と一緒に。

（間。）

アブゾルート　ファドゥールはどこ。
エリージオ　俺はあいつの番人か。
アブゾルート　ブルー・プラネットに来てくれなかったの。待ってたのに。
エリージオ　それで。なんか理由があんだろ。
アブゾルート　どんな。

（沈黙。）

アブゾルート　カレンダーに印つけたの。三日前、バス停で会った日。三回目の夜を待って。またもう一回、どんどん年取っちゃう。

（沈黙。）

アブゾルート　気に障った。

エリージオ　君のことはわからないし、あいつのこともよくわからない、君らがバス停で会ってからのことは。昼は仕事に行って、夜は立ったまま寝てるか、そこらを歩き回ってるか。何か声かけると、こっちをじっと見て、喧嘩売ってるみたいで……だからそう、そう、気に障ったよ。なかなかありつけなかった眠りから起こされたんで。

（沈黙。）

エリージオ　君がここに来ると、結局気を遣うはめになるから、そのほうがもっと気に障るな眠りにありつけない以上に。
アプゾルート　じゃあファドゥールに言っといて、ここに来たこと、それと、あたしに会いたければブルー・プラネットに来てって。でももし会いたくなければ……、言わないで……できれば何も。（沈黙）そう、何も言わないでおいて。（沈黙）
エリージオ　夢を見てただけだ。
アプゾルート　あたし何喋ってるんだろ。こんなふうに喋ったことなかったのに。さきおととい踊って、おととい踊って、昨日踊って、毎晩待ってたの、ファドゥールが来てあたしを見てくれたらいいなって。三日三晩連続で望んだことなんてなかった。たいていの望みは一晩だけ、せいぜい二晩、でも三日三晩は、なかった。
エリージオ　もうここに来ちゃだめだ。ここは目が見えないと命取りになる。目が見えれば危険、目が見えなきゃ命取り。（間）先週はここで四人くたばった。四人。一人目の男は殴り殺され、二人目の女は自分で静脈を撃って宙に舞い。あとの二人は屋上から飛び降りた。（沈黙）蜉蝣みたいに死んでく。蠅みたいにか。蠅みたいに。蠅みたいに。ってどこが違うんだ。

アプゾルート　蠅って一個の物を少なくとも三千個に見てるのね、片目ごとに、それを繋ぎ合わせてひとつにまとめてるの。存在するものは何でも六千個に見えてて、そのひとつひとつが蠅の世界像になってくわけ。

エリージオ　だから俺たちより賢く死んでくのか。それとも見事なパノラマがのぞめるってだけか。

アプゾルート　あたしよりは見えてる。

（彼らは笑う。間。）

エリージオ　目が見えないのに、見えない目の前で誰かに事故が起こったとしたら、君はどうする。目が見えないせいで、助けるのが遅すぎたら。君はどうする。

アプゾルート　蠅になれますようにって願う。

エリージオ　すばしこく逃げられるから。

アプゾルート　叩きつぶしてもらえるから。（間。アプゾルートはぎこちなく笑って、塞ぎこむ）それが聞きたいんでしょ。あたしは何が起こったのか知らない。あなたが事故を見つけたことしか知らない。そうやって誰にでも確かめようとしてるんでしょ。

エリージオ　見かけより残酷だな。（間）一人の女が溺れ死んだ、俺に罪がある。それだけの話だ。

アブゾルート　違うでしょ。（笑って）罪なんて。せいぜい良心の呵責。
エリージオ　そんなんじゃ足りない。眠れなくなるにはじゅうぶんだけど。

（アブゾルートは本を開いて、印をつけたページを見つける。本からしわくちゃになった新聞の切り抜きが落ちて、エリージオがそれを拾い上げる。）

アブゾルート　（読んで）「私たちは、私たちを取り巻く出来事、私たちの暮らし、この世界で起こる事柄に、あとから説明をつけようと尽力している、そうして一定の法則性をもった規則を適用することで、この先の未来に影響を及ぼすことができるだろうという希望を抱いて。しかしこうした因果関係というのは実はあとになってからわかるもので、誰も、私たちも、神も自然そのものですら、私たちの発展の全容を知り得ない。私たちにできるのは賽の目を振ることとぐらいだ。」（間）本のタイトル、『世界の不確実性』。

（その間にファドゥール登場。）

アブゾルート　わからない、わからないの、この本を人間みたいに信じていいのか、写真みたいに正しいのかどうか、それとも不確実なのか、機械みたいに自然みたいに。
エリージオ　（新聞記事を彼女に手渡し）新聞には妙なことが書いてある。新聞には、彼女は自殺だって。故意だって。

ファドゥール　気がついてたか、入水するのは女ばかりだ、男は入水しない。男は屋根裏とベルトを探す。男はあればピストルを手に取る。
エリージオ　聞いたことあるか、脱いだ服をきちんと畳んで岸に置いてから入水自殺するやつ。

（沈黙。）

アプゾルート　過失に見せかけたかったのかも。あまりに恥ずかしくて誰の迷惑にもならないようにしたかったのかも。ズレがあったのかも。
ファドゥール　なんだそれ、恥ずかしいズレ。
エリージオ　恥ずかしいズレ、おまえは女を求めるが、女はおまえを求めない。
アプゾルート　またはその逆。
エリージオ　おまえ知らず知らず残忍になるやつだな、それで壊れてくのは自尊心だったりして、尊厳の損傷。だけど彼女の体が見られることはない。バカなこと聞くな。（間）俺たちはそこにいた、女は海水の中へ入っていった強制されたわけでもなく。でも心に強制されたのかもな、うん。（間）ずっと考えっぱなしで眠れなかったけど、ここに長くいればいるほど、地球のこっち半分に、ますますわからなくなる。どれだけの人間が自殺するんだ。どうして。どうして弱さから死を求めるんだ。ちっちゃいときからそう叩き込まれてんのか、つかめない、世界は不確実。この本のとおり。この本は最悪だ、アプゾルート。
ファドゥール　ああ。わかってる、神と出会ったから。

（二人は彼を見つめる。）

ファドゥール　そう。神が袋の中にいるんだ。最初は言うつもりなかったけど、だって……確信がなかったし。神は、俺に何かどでかいことをやってみろ、あわよくば自分と同等に振舞ってよい、という思し召しなんだ、それで……まあ、皆様の助けが必要かもしれないというわけで。

（二人は彼を見つめる。）

ファドゥール　今のところは隠してある。けどいつでも取り出せるよ、来るときが来たら。

（二人は彼を見つめる。）

ファドゥール　わかった、この話は忘れてくれ。たいしたことじゃない。なるようになるさ。

（エリージオはアプゾルートのところへ行き、彼女の指を取って、それで自分の額を軽く叩く。）

エリージオ　言ったろ、完全に喧嘩売ってる。（間）アプゾルート、君の傘もらっていいかな。

アプゾルート　あなたが見つけて返してくれなかった傘？　あげるわ。たくさん雨が降りますように。

（エリージオはベッドの下から傘を取り出し、退場。）

（沈黙。）

アプゾルート　また会えた。何かあったの、ファドゥール。（間）待ってたのに、三日三晩連続で、なのに……神様の話なんかして。

ファドゥール　うん。（間）金の話。金だよ金。神じゃない。

アプゾルート　さっき言ってた、神様が袋の中にいるって。

ファドゥール　違う、金だ、金が袋の中にあるんだ。アプゾルート、君はごちゃごちゃにしてる。（間）君のところへ行って君を見れなかったのは、袋の中に神を見つけて、完全に混乱してたからなんだ。

アプゾルート　じゃあやっぱり神様なのね。

ファドゥール　そう、神、もちろん神だよ、他に誰がいるんだ。

アプゾルート　さっき言ってた、お金が袋の中にあるって。

ファドゥール　違う、神だ、神が袋の中にいるんだ、わかる、だからこんがらがっちゃうんだ。

アプゾルート　袋を見せて。

ファドゥール　どんな袋。

アプゾルート　神様の入ってる袋。

ファドゥール　そんなのない。
アプゾルート　さっき言ってた、神様が袋の中にいるって。
ファドゥール　あああ……たしかに……
アプゾルート　だから袋を見せて。
ファドゥール　どんな袋。
アプゾルート　神様の入ってる袋。
ファドゥール　それは隠してある。
アプゾルート　どこに。
ファドゥール　言わない。

（間。）

アプゾルート　じゃあお金を見せて。
ファドゥール　どの金。
アプゾルート　袋に入ってるお金。
ファドゥール　どの袋。（間）俺をからかいたいわけ。
アプゾルート　なんで。
ファドゥール　袋とか金とかなんとか。
アプゾルート　ファドゥール、お金の入った袋はあるの。

ファドゥール　神の御心のまま……アラーは偉大なんだ、知ってる。
アブゾルート　アラーは偉大。
ファドゥール　そう。それを俺は身をもって知ってる。言えることはそれだけ。

（沈黙。）

アプゾルート　そのせいでブルー・プラネットに来なかったのね。
ファドゥール　うん。
アプゾルート　あたしのせいでブルー・プラネットに来なかったわけじゃないのね。
ファドゥール　うん。
アプゾルート　もう一晩待ったら、今晩は期待していい、あなたがブルー・プラネットに来てくれるって。
ファドゥール　ああ、いいよ。
アプゾルート　一晩待って希望を失うたびに年を取るわ。

（間。）

ファドゥール　俺たちは互いにわかり合えるようなふりをしてる、そう。やってみてはいる。そういう約束事、約束事があるから、動物みたいに共食いにならないように、飢えと、愛の渇きも鎮めるために。
アプゾルート　そういう動物になれたら素敵。人間は愛に縁がないわ、たまにしか人間じゃないあたしでさえ、愛には縁がない。
ファドゥール　やる気をもってやらないとな。
アプゾルート　やる気ならまかせて。あたしの指は器用で強いのよ。指には一番縁があるわ。
ファドゥール　そういうのはわかんないな、どうやっていいか。
アプゾルート　自分で言ったくせに。飢えとか。渇きとか。動物の愛とか。

（沈黙。ファドゥールは懐疑的すぎて、アプゾルートにキスできない。）

ファドゥール　アプゾルート。
アプゾルート　なに。
ファドゥール　完璧、なんでもない。君の名前を言ってみただけ。うまくなじめるように。生まれてはじめて何かになじもうとしてる。（沈黙）この際パーフェクトなんてどうでもいいや。
アプゾルート　ファドゥール。
ファドゥール　なに。
アプゾルート　なんにも。名前を言ってみただけ。
ファドゥール　（嬉しくなり）だから悪く思わないで、君の名前をつけた両親って……どんな人、大酒飲み。

（沈黙。）

アブゾルート　両親は二人とも目が見えないの。あたしを彼らの似姿に創造したかったのね、あたしをつくったあと、確実に自分たちと同じ盲人に生まれてくるかどうか、遺伝子を調べさせたの。両親は同じにしたかった、親である自分たちと、その子供のあたしを。彼らはパーフェクトな世界に生きてると思っていて、だからあたしもその世界に招き入れてパーフェクトにしようとしたのね。

ファドゥール　君はどう思ってるの。

アブゾルート　両親は正しいと思う、彼らの世界はパーフェクトで、あたしはパーフェクトの申し子。あたしは両親を幸せにした。

ファドゥール　見ることができたら、って思わない。

アブゾルート　それはこの世で何よりの願い。

（沈黙。）

ファドゥール　俺が君のかわりに見てやるよ。

アブゾルート　あなたの見る青はあたしのとは違う、あなたの見る空はあたしのとは違う。あたしの目の外側で、砂漠や星や街がどうなってるのかわからない、夢を見るにも、夜で真っ黒、夜でカラフル、だったらいいんだけど。

ファドゥール　俺の皮膚をやるよ、黒いの、俺の髪、これも黒い、俺の手、これも黒い、俺の考え、これも黒い、俺の精液、これも黒い、俺の目、これも黒い、そうすれば俺たち同じだ、でもまだ違ってる、その違いを愛と呼べばいいんじゃないかな。

アブゾルート　了解。

十一　飛び降り

彼を前から知っていたわけではありませんでした。パーティーで会ったのが、最初。その晩に起こったことです。初めからタイプというわけでもありませんでした。あつかましいにもほどがあって、とても遠慮がなくて、なんだかとても遠慮がなくて。（間）彼はわたしに神を信じるかと聞き、わたしたちはそんなに飲んでいませんでしたが、その存在を誰かがまず証明してくれないと、とわたしが言うと、彼はこうじっと見て、わたしにとって人生は意味があるのかと。（沈黙）彼は二十歳そこそこで、大学でポーランド語と経営学をはじめたところでした。カッコよくてブロンドで。こういうタイプは彼氏に最適。（沈黙）わたしは答えようとしたんです、まじめに、ちょっと酔っ払って上機嫌で、わたしたちはドラッグをやりました、わたしは彼に、フィリピンでの研修のことを話しました、壊疽の足指を切断しなければならなかったこと、ソーシャル・ステーションに這うようにやって来た物乞いの男だったのですが、まあ、幸いなんとか、待合室は毎日いっぱいで、堕胎をしくじった女性の太ももから血が滴り落ち、腹部に刺し傷のある子供、歯槽膿漏の老人、殴られて青あざをつくった虚ろな目の娼婦、顔を鼠にかじられた赤ん坊、尿まみれの服の盲人、取り出せない死産の子供を胎内に抱え、下腹部から臭いを放って酔っ払っている母親、麻酔なしで切開したところで、何も得るものはない。まあ、どうでもいいけど、そういう話をして、仕事が楽しかったとか、今はドイツの病院勤務でとか。当然決まりきった仕事ばかりになって。（間）

わたしにとって人生は意味があるのか。彼は手加減しませんでした。わたしはすっかり酔っ払っていました。大げさには考えませんでした。ノーと言いました、何も、わたしにとって人生の意味など何もない、わたしの人生にも他人の人生にもない。彼は、どうしてそうなるんだ。わたしは、オーケー、そのうち才能とか興味とか見つけるから、人間を切開して中がどうなってるか見るのは好きだし、継ぎ合わすのも好きだし、このめちゃめちゃ相当パーフェクトな生体が、どれぐらい相当めちゃめちゃパーフェクトに機能してるか、観察する。たいていは完璧、でもそうじゃないところは、めちゃめちゃな完璧さをなぞってどうにか克服する。欠点を克服する。それに意味があると思ってやるのじゃなく、それがうまくできるからやる。

すぐに諦めてしまうような人ではない。探して見つけて、見つけたものをしっかり摑んで意味を与える。そういう人。彼がうらやましくもありました。彼が本当にうらやましかった。そのあとはあまり話しませんでした。二人でわたしのマンションに帰りました。わたしはシャワーを浴びようとして、もう一度キッチンに戻りました、彼に飲み物を出してあげるのを忘れて、そう、彼に飲み物を出してあげるのを忘れて、それで戻ったんです、裸で、そのとき彼がわたしのそばを駆け抜けて、何も言わず、こちらを見もせず、わたしのそばを駆け抜けて、駆け抜けて隣の部屋へ、追いかけると、あっという間でした、わたしは何もできずに、ただ開いたままの窓を見ていました、開いたままの窓を……いえ、下を見ることができなかったのです、できなかった、わたしは彼につい話してしまったに違いないのです、太陽、光、眺め、わたしが十三階に住んでいること……

十二　エラⅡ

（エラの夫、ヘルムートは金細工用のルーペを目にあて、両手で何か非常に細かいものを製作中。テレビでは大統領のスピーチが流れている。エラは見ているが、音は消してある。）

エラ　この大統領に宛てて
何本ぐらい書いたかしら、エッセイや
新聞の投書欄にも
彼が出演したテレビ局にまで。
彼の演説への返信として。

でもひとつも送らなかった。
何ひとつ送らずじまい。
私の理論、基礎をなす部分の理論、
社会システムの構造、
その変化、その発展、
そしてそれが個人にとって何を意味するか、
その把握のためには
徹底的に分析し見取り図を描いていくしかない
ミクロ単位まで。
基礎をなすものは
自明のもの。
シャーレの中から革命が生まれる
その逆はない。
識別可能な
最小単位。
そこから進めていく、じっくりと
時間をかけて最小因子を結びつけ
そこからすべてを包括する広大な網を張りめぐらす。
シシュフォスの網。

網は決して完成することなく、
絶えず新たに予測不可能な穴が生まれ、
絶えず構造上の結節点が変化し、
いったん識別し定義したものを翌日には
完全撤回することにもなりかねず、
そこにズレが生じる、
だけどそれもまた一興。

（間）

俯瞰はいらない、
概観の哲学はいらない、
隙のない関連説明はいらない、
システムは嫌い、
全力を捧げたいのは、断片的なもの、欠落のあるもの、
不完全なもの、破片、残骸、理解されないもの、
沈殿していくもの、崩壊していくもの、
個々の最小の何でもないもの。
これは挑戦。
これは人生。
人生かけての挑戦。

世界の不確実性。
（沈黙。ヘルムートは細工をしている）
誤解を招くのではないか。
矛盾してさえいるのでは。
いつまたどこかに
システムがひょっこり
現れてこないとも限らない。
そう、自己矛盾。
（沈黙）
それこそ一興だわ。
（沈黙）
どんなことがあっても絶対にあなたみたいにはならない。
（彼の後頭部を殴ろうとするが、止める）
あなたはアクセサリーを造る人。
（沈黙）
窓　椅子　壁　手
それならまだ言える。
愛　死　意味
それはもう言えない。

音が発せられるだけ。
でも「意味」が意味するものって何。
「椅子」が意味するものって何。
（間）
大統領は明らかに有利。
彼が椅子と言えば、
ストライキが起きる。
彼が窓と言えば、
労働組合員が自殺する。
彼が壁と言えば、
十五万人の労働者が解雇を免れる。
つねに何かが起こる
大統領の言葉に直接的に
直接的な反応が起きる。
彼の言うことが全然理解できなくても。
大統領が何か言っても、
誰も理解できない。
大統領が何か言っても、
誰もわからない、

彼は彼の言葉で何を言おうとしているのか。
あるいは彼の言葉は
彼で何を言おうとしてるのか。
けれども何かが起こる。
即座に。
驚くべき現象。
そのとき大統領は
自分で理解していない、
自分が何を言っているのか。
驚くべき現象。
大統領が自分自身を理解していないのに、
どうやって彼を理解しろというの。
気の毒な人、
でも彼がうらやましい。
この国の
自ら選んだ未熟。
大統領という名の文盲、
サッカー選手、俳優、流行歌手という名の、
そうやって永遠に続けられる。

論争をふっかけるのも馬鹿らしいけど、
笑ってばかりもいられない。
愚者は自分を愚かだと思い、
賢者も自分を愚かだと思い、
その中間に誇大妄想がはびこる。
（間）
国が没落し、
ああそう、
世界が破滅し、
ああそう、
それでも私はまだ、
ああそう、
でもまだこうして
呑気に構えている。
毎日自分に言い聞かせてるの。
いつか役に立つかもしれないじゃない。
そうでしょ、ヘルムート。
いつか突破口が開くかも、
このままずるずる仕事を続けていけば。

（彼の後頭部を殴る）
私の夫は金細工師。
幸福を造る人。
素敵な言葉。
素敵な職業。
アクセサリーを造る人。
完全に意味から解放された仕事、
おそらく唯一不可欠な営み、
世界の美化。
（間）
飾り、装う。
私たちが世界を理解する必要はない、
私たちは世界を細分化しない、
私たちはその形を変える必要すらない、
何か付け足すだけ、
些細な補足、
癒しの装飾、
それは万事を好ましくする。
飾りの装い。

それは皆に好まれる。
素敵に生きよう。
（沈黙）
本当言うと、夫を軽蔑してる。
わからない、夫が何を考えてるのか。
何か考えてるのか。
その手は本能に先走って動いているだけなのか、
彼の手が材料を形づくり、
使いこなして、軟らかくすると、
見事なものになって、
見る人を唸らせる、
まあ、
こんな素敵なの、めったにお目にかかれないわ。
ここで誰もが思うだろう、
なぜ私はこの夫と結婚したのか、
会話も交わさないのに、
会話がないのに、
話がないのに、
話せないのに。

（彼の後頭部を殴る）
その手が本能に先走って、
私に沿って上へ下へと流れていったから、
その手が私を求めていたから、
私の体を、
使いこなして、軟らかくすると、
見事なものになって、
見る人を唸らせたから、
ああ、
惚れ惚れする、
とか、
ああ、
好きだ、
好きだ　好きだ　好きだ、
とか、
ああ、
愛し愛されたい君　愛され愛したい君、
ああ　ああ　ああ。
（間）

昔々のおはなし。
ずっとずっと前の。
（彼の後頭部を殴る）
二度とは戻らない。
（彼の後頭部を殴る）
一度失われた感情は決して
何がどうあろうとどこにも
見つかりはしない、
どこを探しても、
どこへいったのか。
（沈黙）
椅子と言うことはできる
手と言うことはできる
靴　足
カップ
本
傘
（沈黙）

十三　ミセス・ハーバーザットは能力の発揮を求めない(5)

（水平線を前に。エリージオはアプゾルートの傘と花束を手にぶらぶらと、行ったり来たり、傘をひっくり返して海面に乗せ、その中に花束を置いて流す。ミセス・ハーバーザットが彼を見つめている。）

ミセス・ハーバーザット　簡易裁判所の判事が言うんです、これからはあなたの能力を発揮してくださいって。どういう意味ですかって聞き返したんですけど。他人に構わないように、他人の痛みに構わないように、って言うんです。何か趣味でもお持ちなさい。自分の人生を生きなさい。（間）自分の人生って何ですか。それに他人は必要ないんですか。判事は答えてくれませんでした。

（間）

案外簡単なことかもしれません。港の散歩道の近くで彼を見かけました。わたしからほんのこのくらい離れたところに立っていました。腕二本分くらいのところに。（間）たとえば、話しかけてみたら、「この辺の方ではありませんね……」（間）いえ、そんなつまらない問いかけでは、何もかも台無しでしょうけど。まあそれでも、「おっしゃるとおり、南の出身で……」と彼が言えば、わたしは「南ですか、いいですね、その響き……」とか。わたしたちは視線を合わせます。そして、わたしは不意に口をついて、「それじゃきっとご家族をたくさん残していらっしゃったんでしょう……」とか。

彼は海を眺めて、「いいえ、家族はいません、家族は皆死にました……」とか。

わたしも海を眺めて、そして……

彼には何でも話せる気がするんです、さっきまで赤の他人だった人に。そんな夢を見ています。

（間）

案外簡単、案外簡単かもしれませんね人生は。

（間）

わたしの能力は発揮されないでしょう。


（沈黙。）

ミセス・ハーバーザット　この辺の方ではありませんね。
エリージオ　（答えずに不機嫌に見る）
ミセス・ハーバーザット　どちらからいらしたの。
エリージオ　（目をそらし、曖昧な手の動きで水平線の方を示す。沈黙）
ミセス・ハーバーザット　あら。（間）全然違ったわね。

（沈黙。）

ミセス・ハーバーザット　わたしが行ったことのある一番遠いところは……（指し示して）……ヘルゴラント。（間）家がぽつんと一軒。まわりはみんな岩。ちっちゃな岩山があって。まわりはみんな海。（間）たいしてやることがあるわけじゃなし。

（沈黙。）

ミセス・ハーバーザット　家のまわりを歩くのよ。岩づたいに。

エリージオ　ヘルゴラント。レゴランド。おもちゃの世界。[6]（相変わらず不機嫌に）ヘルゴラントは自殺が多いんですか。

ミセス・ハーバーザット　いいえ。ないでしょ。（間）それならここの自殺ビルから飛び降りるか。ガス栓ひねるか。海に入るか。（間）どれも似たようなもんじゃないの。

エリージオ　違いますよ。

ミセス・ハーバーザット　（笑い声を上げる）

エリージオ　違いますって。

ミセス・ハーバーザット　（笑い声を上げる）

エリージオ　ちゃんと違いはあります。

ミセス・ハーバーザット　（笑って）あんたおめでたい人だね。南から来たおめでたい人。

エリージオ　何がわかるんです。何がわかるんです。あなたに南のことが。レゴランドの住人に。ヘルゴラントの家と海の積み木の夢で。何がわかるんです。何がわかるんです。あなたに死ぬってことが……

ミセス・ハーバーザット　（神経質に笑う）

（沈黙。）

エリージオ　どうして笑うんだ。どうして笑うんだ。なんで俺のことを笑いとばすんだ。俺は逃げて来た、南から、南から、そうだ、俺たちは南から来た、暑くて、人間が蝿みたいに死んでく、自殺するまでもない。南では、あんたたちのことを笑ってる、南じゃ、俺たちがあんたらのことを笑ってる、俺たちがあんたたちを、俺にしてみりゃ、ここのことがわけわかんねぇよ……

（ミセス・ハーバーザットはその場から動けない。彼女は黙っている、なすすべなく。）

ミセス・ハーバーザット　よくわからないわ死ぬって。

（沈黙。彼女は震えている。）

ミセス・ハーバーザット　もう長いことわたし自身がお墓なの、二本足のからっぽのお墓。子供を身ごもって、男の子で。名前も考えてあった。その子の名は……その子の名は……（口を動かして）……っていうの。（間）だけど死んじゃって、わたしの体の中で死んじゃって。生まれるちょっと前に。死んだ子を産まなきゃならなかった、わたしの体は棺。もう長いこと。

（沈黙。）

エリージオ　十日前に女が海に入って溺れ死んだ、あのあたりで……（指し示す）。俺はそれを見て、助けようと思って、でも友達が不安がって。俺たち二人とも不安で。怖じ気づいて手も足も出なかった。（間）新聞から切り抜いた彼女の写真を持ってると、彼女が毎晩海から上がって来るんだ。俺の足は温かいのに、彼女の体と髪は真っ青で。

（沈黙。）

ミセス・ハーバーザット　自分に言い聞かせてるの、何かのためによかったかもしれないでしょって。あの子はひどいことしたかもしれないし、泥棒になったかもしれないし、殺人犯にだって……そうしたら、そうしたらあたしは犯罪者の母、生涯ずっと。生涯ずっと歩き回って許しを請わなければならない、あの子に代わって。（間）それでも、それでもわたしは憎まれる。そうでしょ。世間はわたしを憎むでしょう。

エリージオ　ファドゥールっていう俺の友達は、真っ黒な目をした女の子を好きになった。目が黒いのは、彼女の黒い目の両親が、彼女を神にしたいと思ったからなんだ。

（沈黙。）

ミセス・ハーバーザット　わたしたち皆、無実でいたいと願ってるのに。

エリージオ　それでファドゥールは二十万ユーロを見つけて、袋の中に、女の子の黒い目に手術を受けさせようとしてるんだ。明日、病院で。だからあいつも今、自分が全能だと思い込んでる。とつぜん俺のまわりが神様だらけになっていってる。友達まで神だからな。俺だけが、いたって普通で。どうしようもない。（泣き始める）

ミセス・ハーバーザット　（おずおずと彼のところへ行き）ごめんなさい、まだ名乗ってもいなかったわね。わたしの名前はハーバーザット。（間）クララ・ハーバーザット。（沈黙）わたしをお母さんと呼んでくれる子はいなかった。わたしの名前を知ってて愛情込めて略して呼んでくれる人も。（間）それだけ、死ぬってことでわかるのは。

エリージオ　おかぁ……
おかぁ……
おかあさん……(7)

（海は傘と花を浜に押し戻す。）

十四　皆で

ここでほぼ一時間立ち往生。俺は一時間半。まず警察の心理士が呼ばれて広域の通行止め。よりによってアウトバーンの高架を選びやがった。よりによってアウトバーンの高架、よりによって通勤ルート。通勤ルートのど真ん中。わかるか、わかるか。女。男。遅刻だ、やってらんねぇ、即Uターンで帰れる、上司にはでたらめ言ってると思われるか。いかれた女だろ、どうにもいかれた女、あんなとこ上りやがって。男か。へボな心理士を五、六メーター以上近づかせないようにしてる。ああ女だな。男か。見てみろよ、おい、こりゃあ、少なくとも、三方向から、何キロか数珠繋ぎだ、一台に一人しか乗ってないとして、全部で、ざっと、一万九千人がとばっちり、病気の狂った女のせいで一日丸つぶれ。もう行かない。忘れる。全部忘れる。今日は国道を行ってみっか、マジで、その辺で入れっかな、まあ、それはあとの話で、なんとかなんねぇかこの状況。あの女いいかげん飛び降りてくんねぇかな。男かな。飛び降りろよ。そんな気全然ないだろ。賭けてもいい、全然ない。よし、十ユーロ賭けよう。飛び降りたいなら飛び降りろ。おまえがいなくなっても誰も悲しまない。反社会的大馬鹿野郎。森へ行って枝の丈夫な木でも見つくろったらどうだ、お気に入りの一本を。いや、見られたいのか。サツの心理士のビロードの手袋もろとも高架からもぎ取られたいのか。どうも別の魂胆のようだな。干乾びて腐りきって、強硬手段に出てるのか、ほんの悪ふざけ、悪ふざけなのか。男だろ、脳裏に焼きつけたいんだ、男だろ。死の衝動を見せびらかさずにはいられないんだ。自殺露出症。発情中。撃つしかない。あいつを高架から撃ち落としてやれ。ヘリコプターで救助されたいんだろ。自殺をちらつかせて俺たちを脅す気だな、この野郎。列車の下に飛び込むほうが社会福祉的観点に即してると思うがな、一時間遅れで、線路から一切合財掻き出されたら、運転再開。ここのは最悪のバリエーションだ。全く死ぬ気がない。見りゃわかる。全く死ぬ気が見当たらない。まだ長居するんなら、俺が行って手ずから脳天かち割ってやる。お望みのものを差し上げるまでだ。まだ何時間も続くのか。何時間も。
さあ飛べ、行け、皆で三つ数えて、一、二、……ジャーンプ……ジャーンプ……ジャーンプ……

十五　光

（ブルー・プラネットのアブゾルートの楽屋。鏡の前のアブゾルート、鏡の反対側にエリージオ。）

アブゾルート　それでファドゥールは、君の手術のためにお金をあげるって言うのね。袋のお金。神様の袋の。君の目を見えるようにするためにって、お金をくれたの。あたし、神様は袋をくれるつもりだったんじゃなくて、そんなつもりじゃなくて失くしちゃって、返してもらいたいのかもよ、って言ったんだけど。探してるよ。もしかしたら袋は別の誰かにあげるものだったかもしれないし、そんなのわかんないでしょ。もしかしたら別の誰かはこの袋がないとすごく不幸になっちゃうかもしれないし。ファドゥールは言うの、もしそうなら神様はあたしたちに言ってくるよって。これは神のしるしなんだって、聖なるバス停の。

エリージオ　映像なんかなくていい。形、姿、動物、人間、色だってなくていい。鏡なんかなくていい。小川、湖、海、氷、氷河、水たまりもなくていい。独房にいたんだ。俺の大陸の終わらない夜に、独房の暗闇に、何も入り込ませない墨みたいな黒。（間）外が昼になったら、頭を持ち上げてないといけない、しゃんと伸ばして。薄っぺらなブリキだけど、とどかない高さで、陽射しの白い斑点が浮き出てて。（間）目に突き刺さる光の矢、それが暗がりの痛みを増幅させる。

アプゾルート　あんまり考えないようにした。あたし神様の存在を信じてないの、奇跡も、運命も。信じてるのは科学。それと人間の意志の力。それだけ。人間はあたしから目を奪った、だから人間があたしにそれを返してくれる、そういうことなら信じられる。

エリージオ　だんだんと暗黒を束ねている壁を感じられるようになった。地面は俺に安らぎをくれる、そこに体を伸ばして目を閉じて、夜の鼓動を夜に無理やり刻ませようとしてみるけど、力及ばず。壁は背もたれになって、壁際にうずくまるとき、軽く、ほんの軽い動きひとつで、飛ぶ鳥の羽ばたきを真似てみたり。熱気が音もなくジリジリと暗黒に染み入ってきた。（間）俺は日干し煉瓦を引っ掻きはじめた。

アプゾルート　それから、頭の上に広がる星いっぱいの空、あたしは見たことない、関係ないけど。（間）というわけでお金をもらったの、ありがとうファドゥールって、ためらわずに。それでエリージオとファドゥールをブルー・プラネットに招待したの、あなたたちのために踊る。

最後に。

エリージオ　もっとたくさん穴を掘れるかやってみた、俺の手で、手ひとつで、この指で、指ひとつで、この爪で、指の爪ひとつで、爪ひとつ爪ひとつ爪ひとつで湿って金属質に輝く土壁を引っ掻いて指の爪でガリガリ引っ掻いて、光の中にどんどん入っていって、太陽光線を壁から掘り出してガリガリ掻き出していくと、指がキラキラになって、光の指がこの牢屋の壁から忽然とあらわれて、輝いてるんだ、目を閉じると、その映像が揺れる、瞼の裏でまぶしく揺れる……

（長い沈黙）

映像なんかなくていい。形、姿、動物、人間、色だってなくていい。鏡なんかなくていい。

（果てしなく続く）

十六　識別

（フランツとローザの家。この間にミセス・ツッカーは左の脚を膝上まで切断している。車椅子に座って昼寝をしている。ミセス・ハーバーザットとエリージオ、彼は傘を持っているが、それを隅に置き忘れていく。）

彼らはすでに四軒の葬儀屋をあたって、彼女の事件のことを説明してまわりましたが、成果はなく。これが五軒目の最後の試みというわけで、エリージオとミセス・ハーバーザットは午後の遅い時間にこのちっぽけな部屋にこうして立っているのです、エリージオは、いいかげんくたくたになってきた写真、大きさをきっちり合わせてカットした厚紙のあいだに保管してある溺死した女の写真を、いっちょうらの背広の上着の内ポケットからもたもたと取り出して、「この女性を知りませんか?」フランツはその写真を進んでしげしげと眺めたあげく、首を横に振ってエリージオに返し、手招きでもう一度見直しを求め、顔の前に近づけて、それから腕を伸ばして離して見て、最後に頷きます。彼は慎重に清廉潔白な人差し指で、触れないように写真を指して、「ベルガーで働きはじめた日、彼女は冷却室に安置されていました。病理から来た、水死体でした。溺れたらしいです港の近くで、海岸は平坦で石だらけなんですけど。」エリージオは一瞬黙ってから、「彼女を見たんです、彼女を見たんです、彼女が海に入っていくのを。」二人の男は視線を合わせます。ここでミセス・ハーバーザットは、なぜ一緒に来たのか説明しないといけなかったのですが、口がからからで。エリージオが、「こちらの女性は、僕の母親として養子縁組してもいいと言ってくれているのですが、それはまた別の話で。」ミセス・ハーバーザットは彼女なりに気まずくならないように、「この人は、その女性が誰だかわかったら、彼女が死んだ訳がわかってもし自殺だったら、眠れる夜が戻ってくると考えてるんです、この人の罪は消えないとしても。彼女を助けなかったわけですから。」フランツは理解し、協力しますと言う、彼は自分が処置した遺体のいきさつはすべて知っていて、この女性のいきさつを話そうと思えば話せます、もうひとつの別の人生を軽くするために、しかし、「この女性のことは赤い髪をしていたので覚えていますが、私が処置したのではありません。彼女が安置されているのを見ただけです、裸で、棺台の上に、あとは油を塗ってきれいにするんですが、それも彼女には必要ありませんでした、たしかに海から上がって体は重たくなっていましたが、女性の美しさはとどめていましたから、しなやかで青白い肌に閉じた瞼、胸と足は外側に垂れていました。引き取り手はなく、親族も、友人も。ですから私は、一度たりとも彼女に触れていません。今、彼女のことを伺って、お二人が彼女を探しておられたと伺って、お気の毒に思います。」エリージオの顔に悲しみは見えません、エリージオはこの事件に深入りしすぎるあまり、「せめて名前だけでもわかりませんか。」フランツは再び首を横に振るしかありません。ミセス・ハーバーザットは事実の重みにもはや耐えきれず、ベッドの上にどさっと倒れ込み、彼女の喉元から短い吐息が漏れてきます。フランツは、「彼女は名前がわからないので貧民墓地に葬られ、埋葬代は市が払いました。私が知っているのはそれだけです。」エリージオは黙って写真に目をやり、押し寄せる暗がりと夜の到来に思いを馳せ、疑問は昨日よりも減ってはいないと考えます。ミセス・ツッカーは遅い午後のうたた寝から目覚めてビクっと反応し、「いつからお客様がいらしてたの。口からよだれを垂らしてなかった。わたしのせいじゃないわよ、糖尿病だから。」ミセス・ハーバーザットは彼女に歩み寄り、穏やかに彼女の手を取ります、ミセス・ツッカーは動揺して、「いよいよ頭がおかしくなったかしら、この方々どなた。脳卒中の発作はなかったと思うけど、この人たちを思い出せないの。」フランツは、「上司に聞いてここへ来たんですよ、死んだ女性のことが知りたいって。」ミセス・ツッカーは、「ああそう、じゃあうちの婿殿がこの人たちを連れてきたのね」、彼女は骨壺を指して、「どうぞ、ご自由にお取りください。」そして、客人に悪い印象を与えないよう、付け足して、「聞いてください、あたしずっとコミュニストで通してきたんですけど、今は糖尿病で脚が一本だけになっちゃって、このダンナときたらうちの娘に妊娠しちゃだめだっていうんですよ。あなたがたの生活共同体にひとつ空きできたのは偶然じゃないわ。」ミセス・ハーバーザットは意を決して核心に入り、「わたしには子供がいません、残念ですが、子供に必要とされることもありません、ちょっと散歩にでもお連れしましょうか。」彼女はミセス・ツッカーの車椅子を押して外へ出ます。ミセス・ツッカーは呼びかけて、「さっそくだけど血糖値のチェックもお願いね、いつ昏睡状態になるかもわからないの。」ローザが部屋に入ってきます、顔に遠慮がちな疑問符を浮かべて。エリージオは完全に取り違えて、動揺し、誰かが自分をからかっているのかと、逃げるような動作をし、何も言えず、ローザをただひたすらまじまじと見続けるばかりで、これはなりふりかまっちゃいられない事態だと悟るのです。フランツは、この奇妙な沈黙を破って、問われてもいない問いへの答えをローザに、「こちらの男性はある女の人を探してるんだ。」彼はエリージオに写真を見せるよう合図し、ローザはそれを手に取って見ます。「でもこれはわたしよ！」エリージオの口は、ツッ、とか、クフッ、とかおかしなノイズを立て、肩がヒクヒク上がったり首がカクカク振れたりしています。でもフランツは落ち着いていて、「いや、彼女は自殺したんだ、べルガーに出勤した最初の日に冷却室にいた、君の全然知らない人だよ。」しかし、ローザは死んだ女性にそっくりです、死んだ女性がローザにそっくりともいえます。ローザは自分の喉元を探ってみます、ローザはまだ話すことができるか試してみます、ローザは話すことができ、「自殺した。」彼女の言い方には、それを誰かがまず証明しなければならない、まだ決して断定できない、という含みがありました、でもフランツはわかっていました、「そう、入水したんだ、港で。」フランツは家でこんな話をしたくありませんでしたが、死者を自分のものにしたかったのです、エリージオはもう何も言いません。エリージオにあるのは心臓の鼓動だけです。ローザはもう一度確認せずにはいられません、「でもわたしそっくり！」彼女は、視線を返してくれないフランツから、知りもしないし会ったこともないエリージオのほうへ目をやります、彼のことも、彼がどうやってこの写真にたどり着いたのかもわかりません、「でもこれはわたしよ！」彼女は彼に写真を突き出します、疑問を、非難を、弾劾を、罪の言い渡し、判決を。エリージオが長らく待っていた、というより待ち望んでいたのかもしれない判決を、そしてエリージオは写真を取って、「そう、これはあなたです。」

十七　エラⅢ

（エラの夫、ヘルムートは金細工用のルーペを目にあて、両手で何か非常に細かいものを製作中。テレビでは大統領のスピーチが流れている。エラは見ているが、音は消してある。）

エラ

彼はアクセサリーを造る、
一日一日、一ポンド一ポンド。
指輪を。
ここ何年か造るのは
指輪だけ。
誰が欲しがるのこんな指輪、
終わりも始まりもない絶望の円環
とくにないのは出口。
わからない。
他のものは何も。
指輪だけ。
安っぽいニッケルのもあれば、真鍮　銅　プラスチック　プラチナ
銀　金のも、石はついてたりついてなかったり、周囲を飾り付けて幾重にも
より合わせたのやごくシンプルな金属の帯で
何もついてないのも、
何でもあって、
この人たまに二本を繋いでしまう

鎖の環みたいに、
まるで願を懸けてるみたいに
いつか魔法のトリックで、
いつか固く結ばれた二人が
いつかお互いから解放されますように、
だけどあなた、いつか
私たち自身でそうしなければならないわ、
だって私たち、信じ合えないから、役に立たないの
救いの呪文も。
(彼の後頭部を殴ろうとするが、止めて、愛撫の仕草)
あなたはわたしを傷つけてるつもりなんてないんでしょう。
でも傷つけてるのよ。
あなたはアクセサリー、
あなたが存在しているという、
ただそれだけの事実が、
私を生殺しにする。
(沈黙)
私の書いた本
『世界の不確実性』、読むわね。

「私たちは、私たちを取り巻く出来事、私たちの暮らし、この世界で起こる事柄に、あとから説明をつけようと尽力している、そうして一定の法則性をもった規則を適用することで、この先の未来に影響を及ぼすことができるだろうという希望を抱いて。しかしこうした因果関係というのは実はあとになってからわかるもので、誰も、私たちも、神も自然そのものですら、私たちの発展の全容を知り得ない。私たちにできるのは賽の目を振ることぐらいだ。」

（間）

彼はわかってない、

この大統領。

運命なんてない

私たち自身で決める以外に。

だけど決めるべき方向を、

私たちは知り得ないから、

私たちは盲人

自分自身に対して、

そうでしょ、ヘルムート。

（愛撫の仕草）

あとになってからなら

いくらでも説明できる

自分たちの自由意志で、
自分たちが獣同然だと感じなくてすむよう、
そうでしょ、ヘルムート。
（彼の後頭部を殴る）
小さな歩みもやがて大きな歩みに。
あなたのような職人は、
日々の実践的見地から
原因と結果を見きわめる。
金属は熱しすぎると、
手に負えなくなる。
今日言ったとおり
私あなたをどれほど憎んでるか。
（彼の後頭部を殴ろうとするが、止めて、愛撫の仕草）
満足。
満足なんかしてないわ全然。
そんなの私の労働倫理と矛盾する。
満足というものに私の存在を否定されかねないし、
私の存在のいかなる根拠も奪われかねない、
そんなことになれば、私自身が労働そのものとなり……

何言ってるの私何言ってるの、
何考えてるの、
私は労働するゆえに私　私。
（沈黙）
まだ勝負はついていない。
また最初からはじめよう、
もう一度、
一度また最初からはじめてみよう、
アルファベットの
A〔アー〕から。
一度また「アルシュ」〔Arsch／尻〕を揺らして、
できるだけセクシーに、
やればできる。
A
といえば
A
といえば「アンムート」〔Anmut／優雅〕
（沈黙）
「アンムート」

だめね
「優雅」なんて何も思いつかないわ
私の歳じゃ
「アンムート」なんてムードじゃない　よし
（間）
そう　「アルムート」〔Armut／貧困〕があった
そう　「ある」べき「ムート」〔Mut／勇気〕
そう　私の「ムート」
そう　ヘルムート
そう　「ムート」
「ムート」
なんか悲しい
「ヴェームート」〔Wehmut／悲しみ〕「ムート」がないと　悲しむと
いいでしょいいでしょ
（間）
まあまあ
どうにかこうにか
（沈黙）
そう　ヘルムート

あなたの「アンムート」〔優雅〕は
私の「アルムート」〔貧困〕を気づかせてくれる
「ヴェームート」〔悲しみ〕を胸に見つめているの
「ヴート」〔Wut／怒り〕も「グルート」〔Glut／猛り〕もなく[8]
（沈黙）
どうしようもない
なにもかも
（沈黙。ヘルムートの後頭部をひとしきり殴る、やがて彼は前のめりに机に倒れ、血を流して、死ぬ）

十八　世界の不確実性

（アプゾルート、ファドゥール、エリージオ、ミセス・ハーバーザット、ミセス・ツッカー。アプゾルートの手術からいくらか時間が経っている。中央に金が置いてある。）

ファドゥール　どう。
ミセス・ハーバーザット　どう。
エリージオ　どう。

ミセス・ツッカー　そっとしといておやり。
アプゾルート　何も。完璧に何も。あれ　あれ。
ミセス・ツッカー　だからそっとしといておやりっていうのに。
アプゾルート　見えるのは……
ファドゥール　うん……
ミセス・ハーバーザット　ええ……
エリージオ　ああ……
アプゾルート　見えるのはざわめき。見えるはずのものが聞こえるの。悲しい。
ファドゥール　時間が必要だよ。長くかかるかもしれない。訓練しないと。

（沈黙。）

ファドゥール　まだいくらか残ってるし。
エリージオ　神の金。
ミセス・ツッカー　まだ手術してない人いるかい。
ファドゥール　まだ望みが叶ってないやついるか。
エリージオ　ああ、どうやったら俺たちは合法になるか。どうやったら死人は生き返るか。
ファドゥール　もうやめろ。その話はやめてくれ。帰ったらどうだ。
エリージオ　どこへ帰るんだよ。高層ビル。それで。屋上から飛び降りる？

ミセス・ハーバーザット　おっきなゴキブリが彼の肝臓に這い上がって、世界を悼むわよ。
エリージオ　なんで俺がひどい目に遭うんだ。なんで。
（アプゾルートの顔の前で手を振りまくるが、彼女は気づかない）
どう。
ファドゥール　どう。
ミセス・ハーバーザット　どう。
アプゾルート　なんなのかな。
ミセス・ツッカー　まだ何も。
エリージオ　これでわかったろ。意味のない虐待。全く無駄な努力に終わった希望。
ファドゥール　長くかかるかもしれない。目がまず慣れてこないと。
ミセス・ハーバーザット　脳が慣れてこないと。
ミセス・ツッカー　全身が慣れてこないと。たまに立ち上がろうとしちゃうのよ、二本脚で、いきなりひっくり返って、それではたと気がつくわけ……
アプゾルート　（ファドゥールに）気分が悪い。めまいがする。頭の中に蟻の群れが湧いてくるみたい。船の上を歩いてるかんじで、ぼんやりした円とか明るい点みたいなものが見えて、たまに何か、色のようなものかもしれないけど、輪郭がなくて。あなたもエリージオも見分けがつかない。
ファドゥール　言ってやってもいいよ、どうしてか。はっきり言ってやろうか、どうしてか。
ミセス・ツッカー　あたし昔は、猛禽みたいに冴え渡った目が自慢だったのよ、剃刀みたいに鋭く、谷川のように澄んで、陽が射し込めば水晶の輝き。でもあたしの視力は、紅茶の角砂糖みたいに溶けてなくなっちゃった。そうそう、糖尿だから。（間）鷲になれたらねえ……
アプゾルート　脳が慣れてこない。
エリージオ　脳に時間をあげて。
ミセス・ハーバーザット　忍耐と訓練。訓練しないとね。ファドゥールの言うとおりよ。

（間。）

ファドゥール　金はどうする。

（沈黙。）

エリージオ　おまえの金だ、ファドゥール。誰も取っていかない。
ミセス・ハーバーザット　わたしなら、貯金するわ。
ファドゥール　誰のために。何のために。
ミセス・ツッカー　貯金するだけ損、まだ二本脚でいられるんだから、臆することなかれ。

（沈黙。）

ファドゥール　（アブゾルートに）前に進めないのは、信じてないから。不信だらけだから、君にとって神はゴミ。医者や科学は信じるけど、神の力は信じない、だから神は君に何もしてくれない、それはひとえに君のせいだ。

エリージオ　何を期待してるんだ、奇跡か。

ファドゥール　違う、奇跡じゃない、ばかげた奇跡なんかじゃない、神はそういうのもできるんだろうけど、何でもできるんだから、でもおまえらは神をからかってる、だから幸運を授かれない。なんで俺に袋をよこしたと思う、なんで俺に？　不法で病気持ちでホームレスでろくでなしの人間はごまんといるのに、よりによってこの俺に、そういうこと考えてみたことあるか？

エリージオ　まさか、おまえが聖人だからか、ファドゥール？　おまえがなんにも悪さしてこなかったからか？　役に立つ行為だったからってか、女が溺死するのを眺めてるのが、おまえの神の指一本動かさずに？　ひょっとして、あのあやしげな袋はあやしげな何かの報酬なんじゃないか？

ファドゥール　（自制心のあるところを示して）俺が期待してるのは、彼女がちゃんと祈って一緒にがんばってくれること、奇跡じゃない、奇跡じゃないんだ、俺が期待してるのはただ、彼女がほんの少しだけ祈って、協力してくれること……

ミセス・ツッカー　ファドゥールさん、まさにそれを、あたしの幻肢痛にもいつも言い聞かせてるんですよ。お願い、あたしの幻肢痛、残った体と協力して、いいかげん消えてちょうだい。

ファドゥール　わかった、わかった。（金を袋に詰めて）あとは俺に何をして欲しいんだ。プレゼントをやる、金をやる、汝らに世界を切り開いてやる。光をもたらしてやる。汝らは望みを言うだけでよい、俺を信じて待て……（間）アプゾルート、ちょっとだけがんばれ、ちょっとだけがんばってくれ、俺のために……頼む。

アプゾルート　ざわめき、ファドゥール。いろんな色の明るい輪。他には何も。

ファドゥール　やる気がないのか、できないのか！　見ろ！　見ろ！

アプゾルート　だめなの、ファドゥール、ほっといて……あなたが見えない、あなたが見えない。

ファドゥール　ずいぶんなお祭り騒ぎだな。どいつもこいつも背教者で卑怯者、希望は汝らの手をすり抜けていくのさ永遠に……だけど俺は、俺は嬉しい。なんだか嬉しいんだ。つまり金のせいで嬉しくなる。金のせいで幸せにもなる。おまえらなんかいなくても。（金を取って、退場）

（沈黙。）

アプゾルート　皆でひとつずつ願い事ができるとしたら、今、ここで、何をお願いする？

ミセス・ツッカー　ガソリンスタンドの店員になれたらねえ……

ミセス・ハーバーザット　わたしは……わたしは……

（沈黙。）

ミセス・ハーバーザット　わたしは、移動図書館の管理人かしら。刷りたての本しか置かないわ、眠りながら真新しいページの匂いを吸い込むの。気に入ったヒッチハイカーをどんどん乗せる。彼らに朗読してもらって、声に飽きたら、路肩に放り出せばいいわ。もう決して執着しない、もう決して……自分のことを考えて、若者のことは忘れる。わたしは……渡り鳥になりたいわ。

ミセス・ツッカー　ガソリンスタンドの店員になれたらねえ……笑わないでちょうだい。ガソリンの匂いが好きなの。どこか遠い国で、あたしのひとつっきりの給油機と並んで座って、走り去っていく車のあとを夢で追うのよ。……たいていワイパーのとこに、よくある小冊子を挟んでおくわね。あたしは燃料と引火の危険を供給するわけ。……時には百メーターくらい通りを歩いてみたり、隣の畑に行ったり、丘に登ったり、とにかくじゅうぶん離れたら、そこで煙草を吸うの。ゆったりと。

（沈黙）

でもいつか、お迎えがきたら、給油機の隣にベッドを押していって、ガソリンの大きな水たまりをつくるわ。煙草を吸って、昏睡状態に落ちるの、あとはものすごいツッカーの大爆発……

（沈黙。）

エリージオ　アプゾルートは？

アプゾルート　あたしはブルー・プラネットに帰る。あのパーフェクトな世界へ、あの赤や金の光と、仕事帰りにさっと髪を寝かしつけてローズマリーの石鹼で脇を洗ってきた男たちの臭気の中へ。あたしはまた踊るの。他に何をしろっていうの。

（沈黙。）

エリージオ　俺は……
俺はライフセーバーになりたい。

十九　水平線を前にⅡ

（水平線を前に、ローザが散歩している、傘をさして。波打ち際を行ったり来たりを一度だけ。彼女は傘を折り畳まずに置く、それを風が海へ吹き流し、波が運んでいく。彼女はゆっくりと服を脱ぎ、服をひとつひとつ次から次へと丁寧に畳んで、タンスにしまおうとするかのように、きちんと積み重ねていく。彼女の動作はよどみなく集中している。彼女は服の山をあとに残す。彼女は未来へと歩いていく。）

訳注

（1）César Vallejo (1892-1938)。農業労働者の搾取や故郷の武装蜂起を通して、貧しく疎外された人々にまなざしを向けた、ペルーの前衛詩人。

（2）原文は、I am watching you, Big Brother./I am watching you. George Orwell: Nineteen Eighty-Four (1949)（邦訳は、ジョージ・オーウェル『一九八四年』、高橋和久訳、早川書房、二〇〇九年、他）の、BIG BROTHER IS WATCHING YOU（偉大な兄弟があなたを見守っている）より。

（3）黒赤黄は、ドイツ国旗の色の並び。

（4）Mon Chériは、リキュール漬けチェリー入りのチョコレート菓子。

（5）「能力の発揮を求めない」は、「保護観察成績不良（Nichtbewährung）を求める」の意と重なる。

（6）ヘルゴラント島は、ドイツ北西部、北海に浮かぶ島。ブロック玩具のテーマパーク、レゴランドにたとえている。

（7）原文はアラビア語で発音。

（8）エラの絶望的な駄洒落は、原文に即しておいたが、日本語上演の実際には適宜脚色を施していただきたい。

最後の炎

Das letzte Feuer

新野守広訳

登場人物

私たち

ズザンネ
ルートヴィヒ
ローズマリー
エトゥナ
カロリーネ
オーラフ
ペーター
ラーベ

そして　エドガー（死者）

さらに　絞殺鬼フンボルト

「私たち」の台詞は合唱（コロス）としてではなく、一人ひとりの声として語って下さい。語り手や登場人物はかならずしも明示されていません。文脈から誰の台詞か自明でない場合、扱いは演出家にお任せしたいと思います[1]。

邱世華（Qiu Shihua）　深圳在住の画家。一九四〇年四川省生まれ。

恋死なん
後の煙にそれと知れ
ついにもらさぬ中の思ひは　　『葉隠』より

第一場

二千年に入ったある年の八月十九日の正午
二千年に入ったある年の八月十九日の明るい正午
八月でした
数年前です
五年、三年、四年
七年が経ったでしょうか
ひとりの見知らぬ男がやってきました
八月のある日のとても明るい正午
真夏だった
光は
八月の光は
まぶしく輝いていた
八月の光は
家々や木々や車の輪郭を際だたせていました
人間でさえ

まるでえぐり取られたように
熱い形をして
輪郭があざやかに燃えていました
通りですれちがった男は
この夏の盛りに
燃えるような光に包まれ
漂っているようでした

数年前の八月のある日のとても明るい正午
ひとりの見知らぬ男が私たちの町にやってきた
男はここがまったくはじめてだったので
まわりを見回すこともなく
右も左も見ることなく
通りを歩いて行きました
車道の真ん中
車道を歩いて
ネリーのバーに着きました
そしてバーには入らず
店の前に立ち止まったとき

歩道に
ひとりの少年が姿を見せました　名前は
（沈黙）
八才の少年
（間、とても小さな声で）
エドガー
（間）
八才の少年は途方に暮れて
サッカーボールを見ていました
両手に持つサッカーボールの
空気が抜けていたのです
少年は見知らぬ男を見つめました
男はリュックを下に置くと、ボールを手に取り、ぐるっと回し、空気弁を調べました
二人は言葉を交わす必要がありませんでした

数年前の八月のある日のとても明るい正午
広く掘り返された道路は埋め戻されたまま
舗装されず、ゴミや砂や砂利が詰まり、腐敗やゴミや汚物の臭いがしました
この町の臭い

忘れ去られた町、荒れ果てる寸前の町
そこへもうもうと
ほこりを舞い上げながら
いつものように
ハンドルにぴったり身を寄せ
シートベルトもせず、注意散漫、二日酔い、コカインの勢い
舞い上がる砂を突っ切り　男が車を走らせてきました
ふらふらと落ち着かない鳥の頭で
フロントガラスごしにあたりをうかがい
砂ぼこり　太陽
アクセルを踏みました

数年前の八月のある日のとても明るい正午
鳥のオーラフは盗んだ車でコカインのたまり場から飛び出しました
違う、借りた、借りただけだ
自分の車ではありませんでした
とんでもないスピードを出して
ほとんど飛ぶように走ってきたオーラフは
見知らぬ男と少年の脇を通り過ぎました

二人はサッカーボールに気を取られて
ネリーの店の前に立っていたのです
ミサイルのように飛んできたコカイン中毒の鳥のオーラフ
とても明るい正午、驚いた八才の少年は

数年前の八月のとても明るい正午
エトゥナは追跡していました
ちょうど昇進して
巡査主任になったばかり
勤務熱心で信念のある婦人警官
エトゥナ、やったわね
あいつよ　彼よ　あの男よ　捕まえてやる
手配の男　爆弾犯
ハンドルを握った悪魔
私エトゥナは　たった一人だけど　やってやる
本気？　一人でできるの　エトゥナ
ほかに選択肢ある？
一人で追い詰めるなんて
エトゥナに許されるのでしょうか

もちろんダメ、でもエトゥナは負けず嫌いです
とても怖い、漏らしそうな恐怖です
あの男が車に仕掛けた爆弾に
点火したら
捕まえて逃がさない
でもこの男は指名手配の男ではありません
爆弾犯ではありません
オーラフは自動車泥棒でコカイン中毒のミサイルにすぎません
似ているだけです、オーラフは
手配の男に見えるだけです
手配の男に見えるのは、爆弾犯と同じブロンドで逃げ足が速いからです
車はオーラフのものではありません
爆弾に似ていますが、オーラフのものではありません
あの男のものだったこともないし、あの男のものだったなんてありえない、ちょっと、聞いてる？
エトゥナは尾行します　あいつから目を離さない　冷静に　冷静に　目を離さない　もし爆発したら　どこ　どこ　しまった　あいつが車を出した　方向は　あっ　ホームに　列車が　駅　爆弾はどこ　八月の光の中でエトゥナは逃走する危険な犯人に集中します

驚きと不安を感じても歯をくいしばって
コカイン中毒のミサイルを追跡します
そして今
舞い上がるほこりの中に少年を見ます
光を背に少年の影が迫ってきます
目の前に
すぐそこに

ぶつかった
感じた

静けさ
光とエンジンの音だけ
光のエンジン
光の回転
光　赤
光
死

道
誰もいない
照りつける暑さ
私たちは目撃しませんでした
私たちはその場にいませんでした
しかしその男はいた
たったひとりの
目撃者

数年前の八月十九日のとても明るい正午
ひとりの見知らぬ男が町に現れました　それは私たちの町かもしれない町
私たちの町だと言ってもおかしくない町でした
男は荷物を肩にかついで、通りを歩いていきました
ネリーのバーに
部屋を借りました
通りに面した部屋を借りました

第二場

私たち、この物語を話している私たちは
存在していないのかもしれない
私たち、共同体としての存在を主張している私たちは
どこにもいない
私たち、私たちはこの物語をまとめているだけ
少しずつ　少しずつ
一人でいるよりたくさん知ることができると
思っている
私たち、私たちは集まりました
合意しました
とりあえず
それはただ
このひとつの目的のためだけにです
でもその後で
もっと良く知り合えるの？

理解し合えるの？
うまくいくことも
ときどきあるわ
さあ、破片を掃き集めて
つなぎ合わせましょう
バラバラになったものを拾い
切れ切れのつながりを見出しましょう
理解し合えるの？
理解するなんて
話題にもならなかった

第三場

見て下さい
殺された少年の両親です
事故にあった少年の両親です
不幸な家族
ルートヴィヒ・シュラウベとズザンネ・シュラウベです

こちらは少年の父方のおばあさん
ローズマリー・シュラウベ
夫に先立たれ
アルツハイマーが進行し
息子の家に引き取られて二年三年
息子の妻の世話を受け
介護され
看護されています
結局年寄りの介護は
アルツハイマーの世話は
妻のズザンネが引き受けるのです
やさしい心遣いです
少年の死の知らせが
両親のもとにとどいたときのことは
お見せしないでおきましょう
悲鳴
ショック
ヒステリーの発作もお見せしません

（ズザンネはローズマリーの服を脱がせてバスタブに入れる。）

死の知らせは祖母のローズマリーにとって最悪だった
物忘れが激しいから
その話を聞くたびに
いつも初耳のように驚く
それは小さな死
一日に
（間）
ほとんど
（間）
六回も八回も死ぬようなもの
そんなにひどく言うことない
本当なんだ

凍りつく
静けさ

息子夫婦には重い負担です

ローズマリー・シュラウベは
失禁し
毎晩ベッドを汚します
濡れたベッドで
過ごさなければならないのでしょうか
ローズマリーはおむつを嫌がる
はっきりわかるのです
おむつはいや　赤ん坊じゃないの
家の中が静かになることはありません
不幸な家族は
動き続けねばなりません
家族に忍び込んだ不幸は
害虫
カビ
料理にまぎれた毒
不幸は無害にされたがっている
消されたがっている　いぶし出されたがっている
見つけて吐き出されたがっている
そうでしょう？

（ズザンネはローズマリーをバスタブに入れ、体をスポンジで洗う。ゆっくりと。しっかり愛情をこめて。）

ルートヴィヒ　ピアノは鳴らない。空気は澱んだ。

ローズマリー　エドちゃんはどこ。毎日来てくれたのに。

ズザンネ　死んだのよ、お義母さん。

ローズマリー　死んだ……。えっ、いつ。（間）まだちっちゃかったじゃない。死ぬなんて、どうして。（思い出そうとする）どこなの。いくつになったかしら。今年は何年。何年……

ズザンネ　腕を上げて。……高く。（ルートヴィヒに）ピアノの稽古はいつも窓を開けてしてたわね。いい音には空気が必要。音楽は外に向けて弾かなきゃ……

ルートヴィヒ　隣りから苦情が来たね。まただ。

ズザンネ　あなた、私一人で弾けると思ってる。一人で窓を開けっ放して弾く。できると思ってるのね……

ルートヴィヒ　ピアノを弾く音が聞こえない。前は階段のところでピアノの音が聞こえた。外を歩いていてもピアノの音が聞こえた。曲がり角のところから聞こえた。（沈黙）今は聞こえない。

（間）

ズザンネ　湿気を吸ってダメになった。誰かにあげましょ。調律できないピアノを持ってても意味ないから。
ルートヴィヒ　そういうものなのか。
ズザンネ　それに。すきま風がお義母さんに当たっちゃ大変。窓は閉めても外は見れるし。静かになったけど、慣れればいいのよ。
ルートヴィヒ　八月だ。体が内側から燃える。
ズザンネ　じゃ、明日から窓を開けて、静けさを追い出しましょう。どうしたの、お義母さん？……
ローズマリー　あの子はどこ……
ルートヴィヒ　エドガーは学校の遠足に行ったよ。クラスの友達と一緒だよ。
（ズザンネは驚いて彼を見つめる）
ローズマリー　あら、そう。（間）泊まりなの。（間）すぐ戻ってくるわね。
ルートヴィヒ　うん、すぐ戻ってくるよ、ママ。
（間）
ローズマリー　遠足ってどこ。
（間。ルートヴィヒはズザンネに合図する）
ズザンネ　海。北海のすぐそばですよ。ちょうど学校で潮の満ち干を習ったばかりなの。堤防の作り方とか、塩の作り方。二枚貝、巻貝、魚の生態。命はどこから生まれたか。波のうねりや砂浜が毎日どう変化するか。なぜ海は陸を浸食するのか。事故で汚れた海をきれいにするにはどうしたらいいか。
ローズマリー　ああ、油。目に入るとしみる。

（ズザンネはローズマリーの体を乾かす）
ズザンネ　お義母さん、メモ帳。下着のそばに置くわね。
ローズマリー　あとにして。ベッドに持ち込まないから。
ズザンネ　明日の朝必要でしょ。……忘れないように声かけてね。
ローズマリー　忘れなければ。
（二人は笑う。ローズマリーは寝室に行く）
ルートヴィヒ　ベルトしなよ。ストッキングがずり落ちてる。お湯で洗濯して服を縮めなきゃ。もっと食べるんだ。
ズザンネ　食べたくない。食べられない。心臓のあるものは食べられないの。
ルートヴィヒ　（ため息）ズザンネ……
ズザンネ　前に進まなくちゃ。そうね。ピアノを弾かなきゃ。パンを食べなきゃ。心臓が動かなきゃ。
ルートヴィヒ　だったら米を食べれば。卵だっていい……
ズザンネ　一日を始めなきゃだめ。仕事をしなきゃだめ。心臓が動かなきゃだめ。
ルートヴィヒ　リストを作るよ。（沈黙）どうすればいい。役に立ちたいんだ。……どうすればいいか、教えて欲しい。
ズザンネ　考えは生まれそう。あとは心が動けば。
ルートヴィヒ　角のとがった川の小石みたいだ、ズザンネ。流れで丸くなるのに何千年もかかる。
ズザンネ　あの人に、目撃した人に聞いた？　エドガーがどうやって宙に飛ばされたか、どんなふうに道路で動かなくなったか。……それからその人、何をしたか……

ルートヴィヒ　うん、もちろん聞いた。皆も知ってる。
ズザンネ　そう。皆も知ってるの。（間）その人もピアノを弾かなくなったのね。
（沈黙）
ルートヴィヒ　曜日を数えないようにするよ。……前に進もう。ただ前に進もう。
ズザンネ　ロトくじを見つけたの。
（ルートヴィヒの鞄からロトの小さな束をすばやく取り出して机の上に投げ出す）
ズザンネ　あなたは時間があって、お金があって。考える暇があって。
ルートヴィヒ　誰にも迷惑かけてない。
ズザンネ　あの子が死んだのよ。ミサの花は枯れてない。灰は暖かい。で、あなたはロトで気晴らし。心あるの……
ルートヴィヒ　それはただ……
ズザンネ　五十万。百万、五百万、一千万当てたら、あなた楽しいでしょ。気分いいでしょ。あの子の死に釣り合う。忘れるにはいくら必要なの。あなたの思い出はお金がかかる。いったいいくらかかるの……あなたが楽しく笑えるまで、心が軽やかにはねるまで、喜びにあふれるまで……
（ズザンネはルートヴィヒを叩く）
ルートヴィヒ　ぜったい……ぜったい当たらないよ……
（ルートヴィヒはズザンネを叩く）
ズザンネ　なんでも起こるわ、見たでしょ、体験したでしょ……

ルートヴィヒ　（二人は叩き合う。しっかりと抱き合う）

ルートヴィヒ　僕のような男。当たるはずない。これは運命じゃない。すべて偶然が決めている、おまえの夫を見ればわかる。偶然が決めるなら、気楽じゃないか。僕らにはどうしようもない。責任ないんだ。

ズザンネ　（二人は叩き合う。しっかりと抱き合う）

ズザンネ　逆よ。もし私の夫がロトを当てたら、それは運命。というか神様。神があなたに残酷な罰を、二重に下す。お金の山、金持ちになった男。でも息子は死んだ。古い神様は気まぐれ。そんな神あなた信じられる？　私は信じられない……

ルートヴィヒ　（二人は叩き合う。しっかりと抱き合う）

ルートヴィヒ　僕を。僕を信じるんだ……

ズザンネ　行かないで。行かないで。出て行かないで。私のそばにいて。私のそばにいて。

第四場

見知らぬ男の名前がわかった
ラーべって言うの
ラーべ？
マイアー　ラーべ　マイアー

名前を先に、姓を後に言ってくれ
名はラーベ、姓はマイアー

見知らぬ男の声が聞こえました
名前やほかのことが
わかる前に
彼の声が聞こえました
男は部屋を借りていました
事故の三分後に
部屋を借りたのです
部屋の中に消えると
聞こえてきたのは悲鳴でした
午後から夜にかけて男は叫び続けました
一晩叫び続け、次の日も叫び続けました
昼も夜も昼も
叫ぶのです、何だそれは
とても高いところから落ちる人の悲鳴のよう
切り立った絶壁や四十二階の高層ビルや
高い塔やロープウェイから落ちる

しかも落ちたと思ったら、また落ちる体験を繰り返さざるをえない
何度も何度も
永遠に落ちることを宣告され　終わりなき死の恐怖とともに落ちる　落ちる
私たちは待ちました
ラーベ・マイアーは叫びました
私たちは女医を呼びました
彼女が階段を上がって部屋に入りベッドに座るラーベを見ると
シーツは血で真っ赤
ラーベは叫びながら、爪をヤスリで削り続けたのです
午後も夜も昼も
二十四時間を越えて
鉄のヤスリで爪を削り続けました
爪は粉になりました
指先の肉も残っていません
爪も肉も削り取り、骨が見えるまで削りました
女医は彼の手に包帯を巻きました
指先ひとつひとつにガーゼを巻きました
睡眠薬を処方しました
鎮痛剤を処方しました

男は部屋にとどまることになりました
狭い部屋、薄暗く
カーテンの閉じられた部屋
男はカーテンを開けるでしょうか

第五場

（オーラフの部屋のドアの前に、エトゥナ、カロリーネ、ペーターがいる。カロリーネは両乳房を切除している（乳ガン）。人工乳房を付けていないことが一目でわかる。）

エトゥナ　どうしてあんな事故を起こしたのか。
（間）
ペーター　どうしてだか。
エトゥナ　停まれなかったのかしら。
ペーター　ほんと、そうですね。
カロリーネ　コカインやって二百キロで町を飛ばして。しかも警察に追いかけられて。それで停まれっていうのは無理。
エトゥナ　私が追跡していたのは爆弾犯です。オーラフさんでしたね、この人を捕まえようとしてたんじゃない。人違いだなんて知らなかった。でも一言だけ。ちょっとだけ話をうかがいたくて……

（間）

ペーター　おい、聞こえただろ。何で言わなかったんだ。何も言わない。（間）まったく。

（沈黙。ペーターは太ももの付け根や頭を掻く）

ペーター　いないんじゃないかな。

エトゥナ　ときどきおたくの車を借りてたってうかがったんですけれど。

カロリーネ　借りた、まあ、そうです。

ペーター　そう、そう。借りてましたよ。

（間）

カロリーネ　いつもきちんと返してくれました。

エトゥナ　無断使用は法に触れます。オーラフさん……。そんなに重い罪じゃなくて。窃盗よりも軽い程度のものですけれど。

カロリーネ　蒸し暑いわ、ここ。私、部屋にいれば良かった。

ペーター　ハイマン、まったく、黙ってないで、なんか言え、やったんだろ。なんだってきた。（間）こりゃいないね。

（沈黙）

カロリーネ　彼が免許持ってなかったなんて、知らなかったんです。

エトゥナ　まさか。

ペーター　免許取る金、誰かくれるっていうの。
（ペーターは腋の下と頭を掻く）
エトゥナ　失礼ですけれど、あなたは……親戚の方……
ペーター　ペーターです……。オーラフのパートナーです。（沈黙）あいつ、臆病だから。客が来ると、まず俺が相手するんですよ。お茶を出して、会話するんですけどね。
エトゥナ　ちょっとあなた、これは冗談じゃないのよ。オーラフさんは起訴されます。薬物所持と車の窃盗で……車は盗んだんじゃないとしても、不注意運転による殺人で起訴されます。わかりますか。ちゃんと事態を理解してください。
ペーター　半分もわかんないな。だって子供を轢いたのはあいつじゃないんだろ、あいつじゃない。
エトゥナ　そう、轢いたのは私、轢いたのはこの女だって、はっきり言いなさい、あんたのいかれた彼がコカインやって、百キロで町を走ってブレーキを忘れて完全に壊れて、車を住宅の壁にぶつけた……でも起訴されるのは私じゃなくて、この男、だって原因はこの男。こいつが車をぶっ飛ばしたから、びっくりした子供が道に飛び出した……
（ドアに向かって）事故を起こすってわかってたのに何もしなかった……そう起訴状に書かれる。わかった？　ろくでなし。執行猶予なしの実刑を受けなさい、私は罰金刑にもならない……
（大きな音で音楽がかかる。ペーターは首筋と腕を掻く）
ペーター　そりゃそうさ、あんた警察なんだから。それでどうしたいの。
エトゥナ　（疲れて）私たちにも責任がある、ちがう？　少なくてもやましくない程度の責任が。（カロリーネに向かって）あなたも私と同じ程度の責任があります。

ペーター　そりゃそうかもしれないけど、俺たちの責任ってことはないだろ。とにかく、あいついないよ。

エトゥナ　じゃ、中にいるのは誰。この音は何。

ペーター　オーラフ、犬がいるのか？……。誰か相手してるのか。（間）いないね。誰もいない。

（エトゥナとカロリーネは脚を掻く）

エトゥナ　オーラフってどんな人か知りたいの。ちゃんと存在している？　私の夢なの？

（間）

カロリーネ　オーラフは私の教え子です。学校の頃はこんなに……閉じこもることはなかったけど。

（間）

ここは蒸し暑い……。あなたと一緒になって、あの子は痩せるばかり。まだクラブに行ってる？　純情な子だったのよ、スポーツが好きで、タフで……

（間）

あれは私の車……買ったのは十四年前。オリエントへの夢を乗せて。走るゲーテの西東詩集、本当よ。ボスポラスを渡って、アダパザル、アンカラ、アクサライ、アダナ、アンタルヤ。そこで立ち往生。前輪はここのもの。後輪はアジアのもの。壊れちゃったけど。中国まで行くつもりだった。

エトゥナ　この裁判、きちんと進めば、たぶん執行猶予になります。その方が私も気が楽。

ペーター　オーラフ、すねるな。オーラフ、今日は犬と一緒か？

（エトゥナとカロリーネは脚を掻く。二人は数歩遠ざかり、座る。白い椅子が黒ずんでいる。ペーターは体の脇を掻く）

ペーター　相当こたえてるな。立ち直ってない。事故ってから、出てこないんだ。ここ三日、あいつを見てない。事故の日、あいつは夜中に帰ってきた。手にすり傷があった。ここに小さな傷も、ラリってたけど、意識ははっきりしてた。おい、ベッドにひっくり返る前に、何があったのか言えよ、って俺が言うと、人を殺したって言った。人ひとり殺したって……。俺はあいつをひっぱってシャワーを浴びせた、冷たい、冷たい、冷たいシャワー、それからベッドに寝かせた。次の日、パンを買いに出て、戻ってくると、あいつ中からドアに鍵かけやがった。あとは新聞で知った。（間）あいつのせいじゃない……（ドアに向かって叫ぶ）そうだよ、いるんだよ、いや、いないよ……

カロリーネ　なんなのこれ……

エトゥナ　何。

カロリーネ　何これ。うぁあああああああ、いやいやいや、真っ黒、真っ黒、生きてる……

ペーター　これは俺の……、ごめん……、見ないでくれ……、こいつら止まらない、俺のいうことかなくて、増えて増えて、あっという間にこんなに、犬が原因なんだ……

カロリーネ　椅子が生きてる！

ペーター　床下から這い上がってくる、すき間から、床板の割れ目から這い上がってくる、殺虫剤は逆効果、攻撃的になって手に負えない、こいつら、下に犬が行くたびに、新しいのを連れてくる、でも人間は大丈夫、見なけりゃいい、こいつら犬しかたからないから、オーラフの奴、俺を閉め出して、犬と暮らしてるくせに、犬を洗わない、どんどんひどくなる、もう慣れたけど、俺が毎晩ごしごし洗ってやってたんだ、犬だっていい迷惑だぜ、目だけ細く開けてあとは真っ黒、這い上がってくるぜ、がんばって三本足で立って、一本で掻いてるけど……

カロリーネ　これ全部……

エトゥナ　ノミ……

ペーター　オーラフ、オーラフ……。出て来い……。とにかく犬を外に出せ……。俺に部屋の掃除をさせろ……。

（大きな音楽）

第六場

見知らぬ男が事情聴取を受けます
男は今のところ
きちんとした住所がなく
帰るところがありません
どこにも帰らないと男は言います
帰れない　帰れない　帰るわけにはいかない

男は診断書を見せます
手が震えています
兵役不適格
慢性疲労
動悸
ときどき目が突然見えなくなります、だから座らざるをえません
ものにつかまらざるをえません、目の前が暗くなり、気が遠くなり、めまいがします
一杯の水、一切れのパンを口にしても、糖分不足の人のように
ときどきパンを吐き
ぐぐぐぐっと吐き
冗談が言えれば
大丈夫よ
大丈夫です
元気になりました　大丈夫　ありがとう　もう大丈夫
失礼しました、あなたにご迷惑
いえ大丈夫です
別の機会にしてもいいのですが
ただ何を見たか教えていただけないでしょうか
正確に知ることが

私たちには重要なのです
子供を轢いた同僚も
きっと安心します
起こったことを教えてください
それだけうかがえば
すぐ引き上げます

ええ
と見知らぬ男は言います
ええ全部見ました
僕はその場にいました　えええええ全部見ました　全部

それでどう　どうでしたか

見知らぬ男は突然横になりました　それからたぶん眠ったようです　たぶん
あるいは眠ったのではなく
意識を失ったのかもしれません
記憶を失ったのかもしれません
記憶は思いだされるのを

拒んでいます
代わりに仲間を派遣します　夜　眠り　夢
ラーベの体に入り込む記憶の仲間たち
彼らはガーゼの巻かれたラーベの指から血が滴りだすのを見るのです。指先の白い包帯が血で真っ赤に染まると、五本の指先から流れ出した血は十本の流れとなり、指の付け根にデルタ状にたまり、床に落ち、それぞれ小さな流れになって、互いに探り合い、滴り、入り混じり、ラーベが眠っている間に、見知らぬホテルの部屋の床に血の川となって現れ、旗のように赤く、炎のように赤く流れます

男は完全ではないようです
南に行って以来
戦争
戦争はいつも南です
けっして北でも　向こうでもなく
いつも南です
そのすべてが男に打撃を与えました
あまりにも　彼のような存在にはあまりにも多くのダメージです
ああ　私たちと同じ存在　でも
もっとしっかりした

あるいは
木から切り出された存在
でしょうか

第七場

カロリーネ　私ほとんど運転しない。たまにしか乗らない。乗ってみたらキロ数が変わってて、ガソリンが入ってなかった。
ルートヴィヒ　オーラフは鍵も盗んだのか。
カロリーネ　これまで二、三台こじあけたことがあったけど、私の車はちがう。
ルートヴィヒ　大目に見たんじゃないのか。
カロリーネ　頭に来た。オーラフ、私がなんでも許すって思ってる。学校の頃のように。
ルートヴィヒ　いつも言ってるけど、少しは抵抗しろ、カロリーネ、抵抗。
カロリーネ　オーラフは夜中にドライブするの。朝ボンネットに触ると暖かいわ、どきっとするほど。わかる？　私に気づかれないように、すごく気をつかってる。乗ったのがわかんないように片付けてる。車の中に吸殻残さないし、缶ビールも。髪の毛も落ちてない。
ルートヴィヒ　それで花束が置いてあれば完璧だ。ハンドルの下にありがとうの花が一束。な。最高だろ。ぐっとくる。（間）本当に抵抗しないね。人のためならなんでもする。全部あげようとする。何かされてもにっこり微笑むんじゃないか……

カロリーネ　それはオーラフが私を傷つけないように気を使ってくれたから。私をがっかりさせたくなかった。明るくなる前に車を戻してくれたし。……だから私、キーを差しっ放しにしたこともあった。

ルートヴィヒ　あいつを告訴するどころじゃないか。（間）エドガーは死ななくてすんだ……。もし君があの時……

カロリーネ　私にどうして欲しいの？

ルートヴィヒ　君は意志を持つべきだった。

（沈黙）

カロリーネ　キーを差しておいたでしょ。だからオーラフはこそこそしなくてよかった。黙って来て、出て行っただけ。私全部見ていた。ときどき窓ごしに目が合うこともあった。

ルートヴィヒ　いらいらする。いらいらする。いらいらする。従順すぎる。

カロリーネ　オーラフはあなたにちょっと似てた。こそこそやって来て、帰る。誰かに見られないか、おびえてる。鍵を出して、急いで黙って取る、必要なものだけを、なんでもないふりして。普通のふりして。感情がこもってるふりして……

ルートヴィヒ　君は男と寝るだけか。

カロリーネ　ルートヴィヒ、あなたのためならなんでもするのよ。

ルートヴィヒ　できれば君を……

カロリーネ　そうして。……殴るの。私従順で、いらいらするなら。私にどうして欲しいの。

（彼女は服を脱ぎ、上半身裸になる。両乳房の手術の痕が見える）

カロリーネ　痛々しい？

（沈黙）

カロリーネ　痛々しい？

（沈黙）

カロリーネ　痛々しいなら犯しなさい。

ルートヴィヒ　いや……だめだよ。当然だめだ。

カロリーネ　いらいらする。その気にさせといて。そのためじゃないの？　答えて。目の前の女がいつも人の言いなりのお人好しの意志のない胸を取った女だから？　胸を取った女とやりたいんでしょ。

ルートヴィヒ　だめだよ。当然だめだ。

カロリーネ　つまんない。自分に退屈するわよ、あなたのようにつまんないと。

（沈黙）

カロリーネ　私あなたを愛しているって思う？

（ルートヴィヒは首を振る。沈黙）

ルートヴィヒ　最初に会ったときのこと、覚えてるね。八年前、暑い夏。学校の校庭。ズザンネが出てくるのを待ってたら、新任の先生が校庭を駆けてった。それが君だった。どきっとした。ほかには何もなかった。それだけ。一目でどきっとした。ありえない。いけないって自分に言った。これは妄想だ、すぐ忘れるって言い聞かせた。でも忘れられなかった。

カロリーネ　何も言わなかったわね、あなた。
ルートヴィヒ　ちょうどズザンネが妊娠したし、君はあの変な奴と一緒だった……
カロリーネ　カール……
ルートヴィヒ　……あんな奴と……君が入院したとき、なんども病院の前まで行ったけど、何時間も駐車場に立って。結局病室に入る勇気がなかった。
カロリーネ　どうして。
ルートヴィヒ　どうしてって。（間、笑う）恥ずかしかった。君を好きなのが恥ずかしかった。どうしてだか、よくわからない。ズザンネと老後の話をする、孫ができたら面倒見ようとか、そんな話。（笑う）恥ずかしかった、だって僕には別の感情があった、それはとても強くて、僕をどこへ連れて行くのか、わからなかった。その感情に向き合う力が自分にないことが恥ずかしかった。（沈黙）普通だったよ。ズザンネとの生活は。普通、つまり……良かった。燃え上がるわけじゃない。倒錯もない。（間）素敵と言っていい。そう思うよ。（間）うん。（間）もしズザンネと別れたら、君への気持ちが、強くて抑えきれなくなって、僕を連れ去ってめちゃくちゃにしてしまう、僕らは根っこから引き裂かれる。（沈黙）ところがそうはならなかった。エドガーが死んだ。何がなんだか、わからなくなった。（間）どう絡み合ってるのか、何が原因で何が結果なのか、まったくわからない。（間）愛してる、カロリーネ。愛してる。でも僕は愛に値しない、はっきりしている。すべてを受け入れるなんて、僕にはできない。（間）滑稽だろ。
カロリーネ　私はあなた以外の男とも寝ているのよ、ルートヴィヒ。

ルートヴィヒ　知らないふりしてるよ。
カロリーネ　私と一緒になっても変わらなかったわ。普通の生活を別の生活に取り替えるだけだから。
ルートヴィヒ　そうかもしれない。
カロリーネ　でも危ない魅力ね。試してみる。どう。
ルートヴィヒ　ああ。
カロリーネ　うまく行かないかもしれないけど。
（間）
ルートヴィヒ　それだよ。それが従順なんだ。僕をからかうのか。
（間）
カロリーネ　あなたは自分を信じないのね。
ルートヴィヒ　ああ、君も自分を信じない。
カロリーネ　ええ、あなたは私も信じない。
ルートヴィヒ　君も僕を信じない。
（間）
カロリーネ　かもね。
（間）
カロリーネ　あなたは自分のことしか話さない。あなたなんか嫌い。
ルートヴィヒ　君は自分を信じない。
カロリーネ　そうかも。……（やさしく）ルートヴィヒ、あなたって、いつも役に立たない。家に帰って。二度と来ないで。

第八場

（オーラフの部屋の前）

エトゥナ　皆さん　そろそろおやとお思いでしょう
オーラフはどこなのでしょう
そうよ、オーラフはどこ
だいたいオーラフっているのかい
それから……なんだってあいつは隠れて
出てこないんだ
どうして姿を見せないんだ
このドアの奥に
オーラフはいるという話ですが
生きているかどうかは、
ドアと床の隙間からわかります
ときどき明かりが漏れてくるので

オーラフは起きて
本を読んだり、音楽を聴いたり
考えごとをしたりしているのがわかります
お腹がすくとオーラフは
ドアの隙間からメモを出して
食べ物の希望を伝えます
それをペーターが買いに出て
ドアの前に置いておく
でもメモが現れないこともよくあります
この隙間を
飢えの隙間と呼びましょう
オーラフはどんどん痩せていきます
外出しているのでしょうか
いいえ
あんなガリガリのひょろひょろが
道を歩けるはずはありません
すれちがう通行人の吐く息で
ひっくりかえってしまうでしょう
そう、オーラフは部屋からもう出ません

事故を起こしてからずっと部屋に隠れています
部屋で何をしているのでしょう
いったい何をしているのでしょう
ときどき夜中に、誰からも
見られてないい見つからない
見分けられないいと思うと……
いいえ、全然外に出ません

でも注意して観察しているうちに
私はオーラフの身になって考えるようになりました
そうする訓練を受けているのです私たちは
ターゲットの立場に自分を置く訓練
オーラフを想像してみます
オーラフの皮膚が、その体が
どうなっているのか、オーラフの目で世界はどう見えるか
私にはとてもよくわかります
私とオーラフは
本当の爆弾犯が
外をうろついているのを見ます

犯人は次に何をたくらんでいるのか
その計画は何か

そのうちオーラフは
痩せこけて
物質でなくなり　光ほどの薄さになり
ドアの隙間を光とともに簡単に通って
姿を消して
消えて
去って
いなくなるでしょう

それは光　かすかな光
炎
ほんの短い間だけ
私たちの人生に存在した炎

第九場

カロリーネは商品を注文してすばやく受け取り
まるで無理やり薬を飲むように
意を決して試着します
自分の姿を見て、驚き、不安を覚えます
でも新しいスタートを切りたいのです
別人になろうというのです、時間を無駄にできません
次の日彼女は
見知らぬ男を訪問します、バーの上のペンション、二階の部屋
その扉が開かれると
部屋の中は予想と違っていました
ラーベの部屋は明るく、カーテンは開かれていて
光に満ちています、ラーベは着替えたばかりで
シャワーを浴びた後のいい匂いがします
その十本の指に包帯が巻かれていなければ
ごく普通の光景でしょう
でも床には暗いシミが残っています
衣装棚の上には薬ビンが置かれています

カロリーネ　私、あの車の持ち主です。車は盗まれて壊されました。警察が追いかけたのは私の車、不注意でした。
ラーベ　ええ、まあ、でもあなたのお子さんが亡くなったわけではないんですから。
カロリーネ　いいえ、そんなつもりじゃなくて。私あなたに……謝ろうと思って。
ラーベ　僕にですか。
カロリーネ　ええ。私が車に注意してれば、事故は起きなかったんですから。ね。
ラーベ　まあそうですね。
（沈黙。カロリーネは窓際に行く）
カロリーネ　この道、一年以上前に掘り返されて。新しい下水管を埋めるとか言って。ところが工事業者が倒産して。それっきり修理しない。交換しない。新しくしない。下水管は傷んだまま。道路だけ埋めて。舗装もしない。（間）ほんと私たち、下水管なんかどうでもいいのね。未来のないガラスの破片の町。価値のない人間。名前のない子供の町。（間）あなた、戦争に行ってたんですって。
（沈黙）
ラーベ　ええ。そうです。
カロリーネ　どこの。
（沈黙）
ラーベ　（かすかに手を動かす）

（間）

カロリーネ　あなたのために持ってきたの。（包装を解いて一枚の絵を取り出す。それほど大きくない、五十センチ四方の大きさ）気に入らなければ、燃やしてちょうだい。

（ラーベは包帯を巻いた手で注意深く絵をつかむと、じっくり見て、壁に掛ける。一面赤く塗られた絵である）

ラーベ　ここに釘を打つのは、無理かな。ペンションだから。

カロリーネ　オーナーに聞いてみてね。

（扉がノックされ、金づちと釘が手渡される。ラーベは自分で釘を打って絵を掛けると言ってきかない）

（掛け終えると、ラーベはゆっくり煙草を吸う。二人はしばらくの間、瞑想するように絵を見る）

ラーベ　きれいな絵だ。

カロリーネ　そうね。

（間）

カロリーネ　気に入った？

ラーベ　ええ。（間）燃やしませんよ。

（間）

カロリーネ　本当に気に入った？

ラーベ　ええ。

カロリーネ　「最後の炎」っていうの。（間）このあと、あらゆるものがまったく新しく始まるから。
（間）
ラーベ　それでもきれいだ。
（間）
カロリーネ　私の目標は、ほとんど何も描かないこと。見ている人が入り込んで消えてしまえるような、ほとんど見えない風景。入り込む勇気があればだけど。（沈黙）基本は純粋な光。
（間）
ラーベ　わかります。
（沈黙）
カロリーネ　（咳払いをして）まだまだだけど。
（間）
ラーベ　それで生活できますか。
カロリーネ　絵で？　全然。私、クリーニング屋で働いてるの。シミ抜きが商売ね。週に四日。人に接するいい機会よ。金曜はお休み。それに誰も取りに来ない洗濯物は、家に持って帰ってもいいの。しょっちゅうじゃないけど。
（沈黙。カロリーネは窓辺に行く）
カロリーネ　この道、一年以上も前に掘り返された。（間）あとは放ったらかし。交換しない。新しくしない。（間）ねえ、ほらあそこ、あの子の母親が住んでるわ、ちょうど向かい側……
ラーベ　名前は？

カロリーネ　ズザンネ。ズザンネ・シュラウベ。……窓から家の中が見えるでしょ。
ラーベ　ええ。
カロリーネ　寝室も丸見え。
ラーベ　いつもカーテンが閉まってる。
カロリーネ　じゃあ、中は何もわからないわね。
ラーベ　影が、影が見える、明かりがつくと。
カロリーネ　かわいそうにズザンネは夫の母の介護をするの。アルツハイマーの母親。……介護のために仕事をやめた。
ラーベ　仕事って。
カロリーネ　音楽の先生だった。小学校の。息子のエドガーも通っていたわ。
ラーベ　きれいな人ですね。
カロリーネ　（小声で。驚いて）きれい……ズザンネが……
ラーベ　毎日義母さんをバスタブに入れている。ときどき一人になって、泣いてる。ほとんどしゃべらない。たまにピアノのふたを開けて弾くけど、鍵盤に触れるだけで、ちゃんと弾かない……
カロリーネ　ええ、家の中では音楽を聴かない家なの。近所の苦情が絶えなくて、ラジオの音が大きすぎるとか、子供がやかましいとか。……中庭に面した窓が壊されて、ハエの群れが階段を上って来たり、階段の下に置いた古い乳母車が燃やされたこともあったわ……崩壊する家、この町の家はたいていそう、音がうるさいってケンカしてる。

ラーベ　そうじゃない。ピアノの音がずれてる。だから弾かないんだ。調律が狂ってるから。
カロリーネ　そうなの。（沈黙）ふーん。（沈黙）あなた、ここから全部見てるのね。
ラーベ　（間）夫はルートヴィヒって言うのよ。
カロリーネ　ズザンネとルートヴィヒ。
ラーベ　そう。結婚して九年。（間）幸せな家庭。
カロリーネ　親しいんですか。
ラーベ　ルートヴィヒは親切だけど、助けようがないの。（間）あの人、私のバストの崇拝者。これ、つくりものだから。切っちゃったの。乳ガン。私、新しい形を試してるわけ。乳首のとんがったの、円錐形の、まん丸いの、半分丸いの、垂れたの、全然ないのも、セクシーなのもあるのよ。立方体、円錐、管、こぶ。鋭角、広角。左右非対称にもできるの。あの人、フェチなの、シュラウベよ、シリコンがたまらないんですって……
カロリーネ　そんなことまで知ってるなら、相当親しいんですね。
ラーベ　ルートヴィヒ・シュラウベって、ねえ想像してみて、ロトやるけど当たりたくない。そんな人なの。
カロリーネ　よくよく親しいんですね。
ラーベ　うわさよ。クリーニング屋にいるとなんでも耳に入る。……安いコインランドリーもあるけど、シュラウベ家は落ちにくいものをクリーニングに持ってくるから。そんなにけちな家じゃないわ。
（沈黙）

カロリーネ　ズザンネは私の同僚だったの、前に、学校で。私は美術の教師。さえない絵描きだったけど、子供たちに教えるには十分。実際さえない学校だった。病気になって、手術を受けた。はげのカロリーネ、はげのカロリーネって子供たちに言われた。抗ガン剤のせいで、授業を中断してトイレで吐くこともあった。ある時、がまんできなくなって、黒板に吐いた。臭くて、胃酸の臭いがして、腐臭ね。ところが子供たちからみれば、私はぐでんぐでんに酔っぱらって吐いちゃったってことになって、でも私を助けようとしてくれたのかな、それともこのやろうって思ったのかな、ちょっとわかんないけどね。酔っぱらい教師ならガンよりましか、どうかな。でもこのときから授業は無理ということになって、やめろって言われて、やめざるをえなかった、やめざるをえなかった、やめざるをえなかった……

（沈黙。ラーベは片方の手で注意深くカロリーネに触れる）

カロリーネ　病気はつらかった、手術が必要だった、何度も、診察、手術……ねえ、さわらないで、手をどけて……（ラーベは両手で注意深くカロリーネを落ち着かせようとする）……私はきれいじゃない、全然きれいじゃない、誰も見てくれない、カーテン越しにのぞいてくれない……

ラーベ　いや。僕が見る、僕が見る。

（沈黙）

ラーベ　外見は完全じゃないけど、心は完璧。

カロリーネ　逆よりいいかな。

ラーベ　なつかしい。完全じゃない姿。

カロリーネ　誰からも気づかれない保証つき。「調和的なバストライン」と、「自然な動き」が店の約束。要するに胸が普通に揺れるってことなんだけど。バカバカしいわね。ちゃんとしたお店よ。私、年金の権利のある元女教師。薬なしじゃ生きていけない。整形も必要。戦争で負傷した兵隊さんみたいね。あら、ご免なさい。

ラーベ　なつかしい。傷ついた体。

カロリーネ　バカみたい。この手の店って結構あるのよ。よく「あなたのバストが人生を豊かにします」って宣伝してるでしょ。私ほど悲惨じゃない女や私と同じ目にあいたくない女たちの店。爆弾になりたい女たちの店、爆弾になりたい男たちの店、感じていることを外に示すために爆弾をベルトに付ける男たちの店。私、決めた、爆弾になる。持ってないおっぱいを見せて、代用品を宣伝する。本物よりもいいわよ。ショーウインドーにはなんでもあるから。

ラーベ　そのままがきれいだ。
（沈黙）

カロリーネ　その手、痛みのほかに何か感じる？……

ラーベ　（首を横にふる）でも手を通して何か感じる……感じる？……

カロリーネ　特に何も。
（ラーベはカロリーネに触れ、さわり、なでる）

カロリーネ　もうなくなっちゃったけど、見てみる？……

ラーベ　（首を横にふる）

カロリーネ　ごめんなさい。男って、そうするもんだと思ってたから。いままで付き合った男って、……全員見ようとしたわ。

ラーベ　そうだね。

カロリーネ　ここにはない胸を見ようとするんだから。（笑おうとする）

ラーベ　そうだね。

カロリーネ　（沈黙）でもあなたの見たものって、もっとひどかったのね。

ラーベ　なつかしい。

（ラーベはカロリーネにキスして、顔をなぜる）

（カロリーネは脱ごうとする）

ラーベ　いや。脱がないで。そのまま。ごめんね。

（二人は服を着たまま、一緒に寝る）

第十場

（正体不明の姿が舞台を横切る。その姿はすこし混乱していて、憂慮すべき状態にあるようだ。おそらく自分のことだけで頭が一杯なのかもしれない。私たちは順にしていたことをやめ、この姿を見つめる。最初に見つけた人が言う。）

オーラフだ！
オーラフだ！

第十一場

ペーター　死んだ子供の父親は、ノルト不動産の管理部門で働いている。サラリーマンだ。職場に夢はない。よく知ってるよ、俺もそこで働いてたから、守衛だったけど、解雇された、いい思い出ないな。その時知り合った。シュラウベさ。といっても顔を知ってる程度だけど、毎朝、おはようございます、今日は郵便物は来てません、来客が三人待ってます、という毎日で……（体を掻く）
その後、ずっと仕事を探している。でもだめだ。このペーターはついてない。運がない、時間はあり余っているのに。で、何時間も犬と散歩する。オーラフの奴、もう来ない。これぐらいの犬だよ、（だいたいの大きさを示す）優しいんだけど、怖そうだろう。充血した目、垂れた唇、こいつがちょっと首振るだけで服がよだれだらけになる。（間）抱いて耳の後ろをなでてやれよ、そこをやられると喜ぶんだ、（やってみる）……ほら、どう……あんたの胸に頭をのせて、グルグル言って、気持ちよくなってうっとりした眼をする。犬は娼婦だ、っていうのが俺の説さ。怒ってるようだろ。怖そうだろ、かみつくように見えるだろ、肉食動物で、ドッグフードなんか食うかって感じだろ、もちろん運動させなきゃだめだ。

最近こいつを連れて散歩に出ると……シュラウベに会う。森の中で会う。事務所にいるはずなのに、一日中、森にいる……わからない。何してるのか……わからない。木にさわって、安らぎを得る？（肩をすくめる）……わからない。

森は……ノルト不動産のものだし、測量して、木の数調べるっていうけど、わからない。シュラウベはただ森にいるだけ。キノコの季節には早いし。だから……謎だね。たいしたことないんだろうけど。

（沈黙。体を掻く）

わからない……わからない、俺たちどうすりゃいいんだ。オーラフのやつ……完全におかしくなった。告訴されたんだ、あの事故で、不注意による殺人とかで、あいつ完全にダメになった。チャンスをやらなきゃ。才能だってあったのに。過去形で言っちゃったけど……

正直言って。（間）死んだ子供の父親のことはわかる。わかる。なんで森に行くのか、自分でも思い当たる……

犬の散歩に行くだけじゃない。

（去る。ふたたび来る）

ところでこの犬だけど、フンボルトっていうんだ。

（肩をすくめる）

俺のアイディアじゃないけど。

（去る。ふたたび来る）

あんたが思ったこと、当ててみようか。こいつらの言うこと信じられるか、特にこいつ、って思ったでしょ。違うんだな。学者のフンボルトじゃない。フンボルトハイン(2)にちなんでつけたからね。フンボルトハイン、知ってるね。掩蔽壕《えんぺいごう》のあったところ。第二次世界大戦。戦争のあと、破壊されずに残った。今はロッククライミングの練習に使っている。大きい壁があって、滑り落ちそうで、二十メートルの高さがあって、オーバーハングもあって、俺の友達もフリークライミングに使ってる。練習はきつい、週に五回。あいつも練習した。オーラフさ。

これオーラフの犬なんだ。

フンボルトが吠える、クライミングに行こうって合図だ、さあ、トレーニングだ、行こう。自主トレだ、さあ。昔は良かった。

（間。泣く）

あいつ、フリークライミングを仕事にする気だった。鳥みたいな奴だ。

（沈黙）

でもやめた。何回か、ひどく落ちた。俺のせいじゃない。落ちたとき俺は言った。オーラフ、やりすぎだ、だから落ちた。そう、コカインだよ。なんでもできる、空も飛べる、壁にも貼り付けるって思えるけど。壁は壁さ。

俺は仕事がなくて暇だから、オーラフとつるんだ。順調だった、気づかなかったけど。

もう終わった。全部失くした、金が尽きた、ここまで借金だらけ。先立つものも、コカインもない、これからどうしよう。

（体を掻く）

犬のえさ代もない。ものごいに出て、スーパーの賞味期限切れをもらって、犬にやる。もちろん犬のために下さい、なんて言わない。ホームレスのための弁当ってことで。

ノミ、ノミの大群、止まらない。全部真っ黒になる、ベッドも、シーツも、床の隙間からやって来る、板の間から。俺はここんところバスタブで寝てる。ときどき洗い流せるから便利なんだ……水道代が払えなくなるまで頑張るさ。

（間）

恐ろしい不安。

気が狂うような不安。

あいつ馬鹿やったんじゃないか。とんでもないことしでかしたんじゃないか。

（間）

オーラフは学習しない。俺とちがって守衛もできない。

（間）

まあでも。

なんとかなるさ。

俺たち待つよ。

第十二場

さてカロリーネは
二、三日過ぎてから
ズザンネの家に出掛けました
ところが玄関の呼び鈴を鳴らして
ズザンネがドアを開けても
カロリーネは何も話しません
唯一彼女が行ったのは
半回転して、腕を伸ばし
ラーベが泊まっている部屋の窓を示しただけでした
通りを斜めに横切った反対側の家の窓を、はっきり指しました
ズザンネの視線はカロリーネの伸びた腕の先を追い
そうやって二人は、数秒間立っていました
この日の出来事はこれだけです

その後数日特に何も起こりません　ただ
ズザンネの視線は見知らぬ男の窓を探します

ときおり動揺や
不安の瞬間が訪れます
動揺と不安
そうです
彼女が目にするラーベのシルエットは
急いで動いて
カーテンに半ば身を隠したりします
ズザンネに見つかったと思うからです
なんて大胆で、貪欲で、恥知らずなのでしょう
ズザンネの窓をのぞくのですから
ところがズザンネも見ていたので
秘密は見つかってしまいました
あるいはそれは、ズザンネに向けられた秘密の一部なのかもしれません

ラーベは恥をさらされたように感じます
さげすまれたと感じ、自分をさげすみます
ズザンネは笑っているでしょう
もっとひどいことになるのでしょうか
ラーベの恥辱はより深くなるのでしょうか

もっと屈辱を感じるのでしょうか

ラーベはカーテンを閉め
部屋に身をひそめ
暗闇の中に戻り
毛布にもぐり
毛布ごとベッドの下に隠れます
部屋の空気はよどむ
汚れに汚れ
糞だらけ
無の中の無
挫折者の悪夢
無駄な肉切れ
価値のない人生の掃いて捨てる時間
ああなんという恥辱　おまえなんか踏みつけられるがいい
腐ってしまえ　蛆虫の餌
ほこりほこりほこり
土土土
ぼろぼろぼろぼろぼろぼろぼろ

ほこりほこりほこり
風よ吹き払え

第十三場

（ローズマリーが通りを行ったり来たりしている。一人で。）

ローズマリー　朝早く猫が
出て行っちゃった
夜になって死んじゃった
その上を車が走り去る
皆無視して見ない
道のシミは赤いまま

（ラーベはローズマリーが独り言のようにぼんやり歌うのを聞き、ゆっくりとカーテンを開け、しばらくローズマリーを観察し、窓を開ける。ローズマリーはラーベを見る。沈黙。）

ローズマリー　喜びっておわかり？
ラーベ　喜び……
ローズマリー　ここだったの？……。このシミがそうね……（間）今この瞬間を楽しんで、現在を生きる、馬鹿、馬鹿、馬鹿、そこに喜びはない。明日あの子を思い出せなくなるなら、この瞬間になんの意味があるかしら。喜び……には思い出が必要。でも私はなんにも思い出せない。思い出がなければ動物以下。あなたは動物以下ですか……
ラーベ　僕は囚人です。あなたと同じ囚人です。
ローズマリー　証拠を見せて。
ラーベ
その上を車が走り去る
皆無視して見ない
道のシミは赤いまま

あの日がはじまったとき
私たちは三人だった
あの日が終わったとき
私たちは二人になった
私たちはハミングで合図を送った
ローズマリーを驚かしたくなかった
ローズマリーを家に送りたかった

通りをゆっくり歩いた
歌も歌い始めた

あの子の姿は見なかった
私たちはその場にいなかった
死は生よりすばやかった

ローズマリー　昔私たちはとても幸せだった！

とても幸せだった！

あの幸せを想像してごらん！

思い出してごらん、思い出せないの？

私たちはとても幸せだった……

ラーベ　（やさしく）シュラウベさん、家に戻りなさい。戻って、お湯につかりなさい。

ローズマリー　水は氷のように冷たい。電気がこないから。

ラーベ　ここは戦場じゃない、ローズマリー。

あの子の姿は見なかった
私たちはその場にいなかった
死は生よりすばやかった

もうあなたを行かせない

あなたを一人にしない
死があなたを迎えに来ても
そばを離れてはいけない

ローズマリー　（考える）戦争じゃないの？　（懸命に考える。）終わったの？……
ラーベ　ええ、戦争は終わりました。

私たちはハミングを続けます、その間
ローズマリーは自宅を見つけ
ラーベは窓を閉めます
私たちにはズザンネが見えます、彼女も
窓辺に立って通りを見ています
夫の母の帰りを待ちながら
入浴の準備をしながら
ラーベの姿を見かけたズザンネは合図を送ろうとします
片手を挙げます、挙げます、手を振るのではありません
ラーベは驚き、一歩さがります、でも
気を取り直した彼は、同じように片手を挙げます
二人はほぼ同時に手を窓ガラスにおきます

それから
私たちは何も気づかないふりをします
それから
二人はぎこちなく微笑みます
お互いに

第十四場

ズザンネ　ここに入るのは勇気がいったわ。
（静寂）
ラーベ　ようやく来てくれた。
ズザンネ　あなたがうちに来る方がもっと勇気がいるだろうって……思ったの。
ラーベ　ようやく来てくれた。
ズザンネ　（同時に）だから来ました。
（二人は笑う。沈黙）
ズザンネ　（ラーベの手を指して）どうしてこんなことしたの。どうしてこんなことしたの。
（沈黙）
ズザンネ　聞かないつもりだった。（間）ごめんなさい。驚かしたくなかったの。

ズザンネ　（沈黙）どうしてこんなことしたの。どうしてこんなことしたの。

ラーベ　（首を振る）自分でもわからない。わからない。

ズザンネ　見たんでしょ。全部見たのね。その場にいたんだから。

ラーベ　（沈黙）

ズザンネ　ええ。見ました。（間）ただ話すのはへたで……

あなた、戦争に行ってたのね。この町で知らない人はいない。あなたは戻ってきた、トランクひとつだけで。そして暗闇に座っている。……あなたを引きずり出すつもりじゃない、全然違う。（間）ここにいるだけで十分……ほかに誰もいらない。誰もいらない。

（沈黙）

あの子の名前を言うたびに……。いいえ、私もう、あの子の名前を言わないんです。……夫の名前を言います、夫の名前を……あの子の名も一緒に言える気がするから。あの子をこの世に一緒に呼び出した男の名を言って、あの子を呼び戻す。この世に呼び戻す。でもあの子は永遠のやすらぎを求めている。（間）もうあの子を起こさない……静かにお眠り……静かにしなければいけないのは私ね。

ラーベ　（間）

言葉や……文章は……外にある。人の心はわからない……。これは僕の印象、考え、思い出、それから……感情。でも、この感情を表す言葉がわからない。……ときどき、すべてのつながりがわからなくなる。どこで言葉が文章になるのか、どこで僕とつながるのか、何と何がつながってるのか。

（沈黙）

ズザンネ　外に向かうつながりがあるはずよ。

（ズザンネはラーベの両手にさわる）

ラーベ　何も感じない。……でも黙って生きるつもりはない。話せるんだ。欠陥品のように生きたくない。言葉なしに生きたくない。欠陥品かもしれない、でもそうなりたくない……。どこかにつながりがあるはず、外へのつながりが……。言葉は抽象的すぎて、実感できない。

（間）

ズザンネ　最初、計画を立てた。一年待つつもりだったの。皆一年もあれば私のこと忘れる。私の苦しみは心の底に沈んだと思う。たとえ苦しみが動き出しても、動きのなごりしか感じず、動きそのものは感じない、そこまで深く沈んだと思う。そうなれば冷静になれる。そうなれば、あの子の名前を言っても手は震えなくなる、そうなれば復讐しよう。あの子の死に関わったすべての者を罰してやる。罪は問題じゃない。罪があるかないかはどうでもいい。関わった全員を罰したい。

（沈黙）

皆の人生が変わらなきゃおかしいって思った。一人ひとりの人生をどうしようもないやり方で変えてやりたかった、だって私の人生は、あの日の、あの時以来、どうしようもなく変わってしまったから。大きくなくていいけど、傷跡が残らなければだめ。怒りとともにうずく思い出、決して安らぐことのない思い出。毎日正午、時計が十二時を打つたびに。

エンジンの音が聞こえるたびに。郵便受けに郵便を取りに行くたびに。横断歩道を渡るたびに。黄色を見るたびに。「サッカー」という言葉を読むたびに。思い出が痛む。爪の裏が汚れるように、他人の人生にもぐりこみたかった。すばやく、気づかれずに、しっかりと。

（間）

そこに目撃者が現れた。

（間）

見てしまった男。事故をふせげなかった男。だから自分に罰を与えた男。

（間）

どうしたらいいかわからなくなった。

（沈黙。ラーベは自分の手を見る）

ズザンネ　あなたは光。私の光だった。
（沈黙）

ラーベ　ちがうちがう。そうじゃない僕はちがう。やめて欲しい。そんな……お節介というか。心遣いというか。……ちがうちがう。やめて欲しいやめて欲しいやめて欲しい。
（間）

ズザンネ　あなたのこと、教えて。

ラーベ　家を出た。妻を残して。別れた。妻は僕を信頼して、なんでも聞こうとしてくれた。黙って何も聞かないでくれた。僕に必要なことはした。と妻は考えた。そう望んでいた。

（間）
でも僕は欠陥品じゃない。犠牲者じゃない。
（間）
ズザンネ　何もわからないことだけがわかる。わからないわからないわからない。
（微笑む）
ズザンネ　何もわからないとき、急になんでもできるようになる。わかる？……
ラーベ　わからない。
（微笑む）
ズザンネ　「不幸」って、わかる……
ラーベ　（考える）不幸……
ズザンネ　私不幸か、考えてみた。不幸だったか考えてみた。「ズザンネ、不幸はおしまいにしましょう」ってお義母さんは言うけれど。毎日。言ったそばから忘れちゃう。どうしようもなかった。お義母さん、引き取らざるを得なかった。（間）私、お義母さんのようになるわ、そうすれば、いつか、誰か来て、私をバスタブに沈めるの。（笑う。間）うそよ。私不幸ってわからない人間だから。
ラーベ　不幸……
不幸って……犯罪者のための言葉だと思う。
ズザンネ　神は犯罪者？　ねえ、どうしてあの子は死んだの。間違ったから？　天が間違ったの？あの子はまだ生きていて、ここにいないだけ？……もしそうなら、「ここにはいない」ならどこにいるの？（間）あの子の死が現実だからって、納得できる？（間）それとも全部どうでもいい？　隠された意味は私たちにはわからないって納得する？……

ラーベ　意味は……ない　意味はない　意味はない……

ズザンネ　私たちちょっと虫より賢いだけ、いったい何を知ってるの。

ラーベ　でもわからないからって、どうでもいいことにはならない。

（沈黙）

ズザンネ　どうぞ、あの子を差し上げます、って言えばいいの？（とても小さな声で、やさしく）エドガー。愛するわが子を差し上げます。かけがえのないわが子を。私をひとりにして。私はゴミ、私の苦しみはゴミ、私の苦しみはゴミ、何の価値もない、ゴミ、何の価値もない……

ラーベ　ここにもゴミが立ってる、ゴミの山　肉　内臓　骨　血、それが僕、現実……聞いてる？僕は価値があるかもしれない、あなたにとって、絶対ある、あなたにとって。（間）僕はここにいる。現実だ。

（二人はキスする。とても注意深く）

第十五場

（正体不明の姿が舞台を横切る。その姿はすこし混乱していて、憂慮すべき状態にあるようだ。おそらく自分のことだけで頭が一杯なのかもしれない。私たちは順にしていたことをやめ、この姿を見つめる。最初に見つけた人が言う。）

オーラフだ！

オーラフだ！

第十六場

（オーラフの部屋の前）


ペーター　オーラフ……出てこい！　知らせがある！

オーラフ……仕事が見つかったんだ。

仕事だ、本当だ、給料も出る。しっかり出る。まあ、俺たちに出るんじゃなくて、フンボルトに出るんだけど。

フンボルトに仕事が見つかったんだ。

森に連れて行ったら、男が近づいてきた、しばらく俺たちを観察して、気味悪かった、そいつが来て言うんだ、この犬、怖そうだねって。

俺は注意深く言ってやった、怖そうだろ。な。

フンボルトはやっこさんの前にさっとまわりこんで、正面から唇をひんむいてうなり出して、こう下から上へ、飛びかかろうとした。……おい、フンボルトをなでないでくれよって俺はひやひやしたさ、お人好しのフンボルトは、顔をぺろぺろなめて膝に乗っかっちゃうからな。

すると、そいつはびびったのか、ちょっと後ずさりして、お座りって言ったね。そこでフンボルトはにこやかにお座りした。

(体を掻く)

そんなわけで、おっさん、陶器工場の経営者で、夜勤のガードマンを捜してるって言うから、俺でどうすか、って売り込んだら、いや、この犬を雇いたいって言い出した。警備員と一緒に巡回させるんだって。だからおっかなそうなのが欲しいんだって。どうだ、フンボルトに仕事だ!

おい、オーラフ、俺たちの犬が仕事に出て、稼いでくるんだ。

(沈黙)

メモぐらいよこせ。

(間)

何してるんだ、中で……

第十七場

（カロリーネの胸が大きくなっている。）

エトゥナ　聞いたことはあるけど。
カロリーネ　どおっ。
エトゥナ　触ってもいい。
カロリーネ　もちろん。
エトゥナ　おっ……おおっ……すごい。
カロリーネ　そんな、言葉につっかえないで。もう一度ゆっくり触っていいよ。大枚はたいたんだから。
エトゥナ　大げさ。
カロリーネ　本当なの。安いのは亀裂が入ったり、かゆくなったりする、吹き出物や、アレルギーの問題もあるし、肌も荒れる。ま、いつもそうなるわけじゃないけど。
エトゥナ　いや、大きいんで驚いた。豊満なのね。
カロリーネ　中身もあるから。重さに慣れないと。お尻とのバランスもいいわ。夜も安心だし。
エトゥナ　取らないの。
カロリーネ　なんで。本物に見せたいのよ、だめ？
エトゥナ　夜寝るとき。

カロリーネ　取るわ、もちろん。

エトゥナ　了解了解。

（間）

エトゥナ　エトゥナはときどきカロリーネになってみる。カロリーネはどういうふうに世界を見ているのか。むずかしい。プロファイリングのプロをめざすと、いつも犯罪がからむ。でも胸のない女のケースは大丈夫。

カロリーネ　エトゥナは私を笑わない。全然笑わない。美を理解しないのね。エトゥナのそういうところが好き。

エトゥナ　他人に入り込むのは楽しい。エトゥナの自我がゆっくりと他人の中に流れ込み、普段と変わらなくなる。私は他人のように感じる。他人のように考える。私は他人。……でも、もっと練習しなくちゃ。目標は遠い、まだまだね。

カロリーネ　目標って、何。

（間）

カロリーネ　エトゥナ、ねえ、ちょっと……エトゥナ。（間）目標は？

エトゥナ　目標は爆弾犯……犯人をつかまえる。再び犯行におよぶ前につかまえる。エトゥナは犯行を阻止します。

カロリーネ　でもこの件は、単独犯じゃないでしょ、生きた爆弾が道を歩き回ってるんなら、犯人はいくらでもいるじゃない。

エトゥナ　私も単独のエトゥナじゃない、エトゥナはたくさんいる。

カロリーネ　エトゥナ、戻って！
エトゥナ　戻ってるわ、エトゥナは偏在する、もう一度私を呼んで、あちこちで動きだすから。
カロリーネ　私たちあなたを助けてあげる、エトゥナ、事情を説明して。
エトゥナ　目をしっかり開けて見るの。覚醒、さあ集中集中。九月四日に死者が三人、十八日に死者が二人、三十日に地下鉄で負傷者が五人。三日前のテロでは……
カロリーネ　テロって、ここから五百キロも離れてたでしょ。南の方だった。
エトゥナ　その間に犯人は舞い戻った可能性がある。特にこの町では身の安全を感じるはず、ここでは一度警察に追われたことがあるから。
カロリーネ　私たちは裁判が始まるのを待っている。オーラフは、この先何が待ち受けてるか知らない。罰金刑か、実刑か、待つことはすでに罰。本当の犯人は……
エトゥナ　ゆっくり次の目標を探している。ゆっくり落ち着いてるのは、私が失敗したせい、私のせい。次の爆弾が爆発して、犯人が自爆して、居合わせた通行人が十七人吹っ飛んだら、天国で言われる、エトゥナはまた油断した。……チャンスはあったのに、しくじった。……全部私の責任。未来にも責任がある。
カロリーネ　馬鹿みたい、だって本当の犯人を……私たち知らないのよ。だれでも犯人の可能性がある。あなたも、あなたも、私だって、あんただって。エトゥナだって。
エトゥナ　そう、私、私が犯人、私は私自身の追跡を怠らない……
カロリーネ　私はエトゥナを落ち着かせるために、彼女の両手を私の手に重ねて、言う……エトゥナ、ねえお願い、手を重ねましょう。そう言ってエトゥナの手を私の胸にのせる……落ち着くわよ。

エトゥナ　頭ものせていい？　もっと落ち着くから。

カロリーネ　数分間私は波のように息を吸い、吐く、やわらかく上下する胸。揺れる胸。

エトゥナ　もっと揺すって。

カロリーネ　ほら。

第十八場

ルートヴィヒ　ロトの用紙に数字を書いて金を払った。でも控えは捨てた。仕事に行く途中、ゴミ箱に捨てた。いつも同じゴミ箱、銀行の隣の駐車場の入口の右側のゴミ箱。いつも同じ。あっちの別のゴミ箱に捨てたこともある、なんにも考えずに、特に目立たず、特に不注意ってほどでもなく。もし誰か見ていたら、ゴミ箱をさっさとあさって自分のものにするだろう。僕の捨て方のシステムに気づくかもしれない。毎朝正確に七時半、当選番号が発表された後に、駐車場の入口の右側のゴミ箱をあされば、次の回の控えが捨ててあるのが見つかる。吸い殻や枯葉やコーラの空き缶の間に隠れたり、風で飛ばされて芝生の上にころがったりするだろう。捨てた僕や拾った人の影響を離れる。それでも毎朝ゴミ箱に捨てよう。捨てるのが僕の責任だから。

（沈黙）

もう何人、拾ったろう、どれくらい金持ちにしたかな。僕は当選番号を見ない。当たったってなんの役にも立たない。僕は中継ぎ。偶然と幸運は他人にあげる。

（沈黙）

別の人生ってどんなだろう。僕には絶対生きられない人生。当たったロトを拾った人の人生。若くて独身で家族はいないけれど将来有望な人。つられて笑っちゃうほど笑顔の素敵な人。二十一階に上るのにエレベーターを使わない人。別れたばかりの彼の声を聞くのを止められない人。……お金の要らない人がいいな。積み上がった当選金なんか要らない人が拾うといい。その人もう金は持ってるんだから。全然必要ない人がくじを見つけて、ポケットに入れたら、どうなるかな……喜ぶ、喜ぶ、僕にはできないほど喜ぶ。有り余るほど喜ぶ。

第十九場

（オーラフの部屋の前）

ペーター　まだ難問が残ってる。名前を変えろっていうんだ。名前は絶対変えろって。その根拠だけど。強盗が入って、犬が追いかけて、ガードマンが駆けつけたとき、「行け、フンボルト！」なんて叫べるかっていうんだ。

だから新しい名前を考えなきゃいけない、恐ろしくて、ぞっとするほど危険な名前がいい。

オーラフ、なんかないか。

（体を掻く）

アイディア、ないか。

（体を掻く）

たとえば……（やさしく、すばやく）二十七回もアナルを強姦した変態男、スピードやりすぎてぶっ飛んだ肉弾オオカミ、歩くチェーンソー……なんて感じで。骨折魔王とかハイエナボクサーとか……ブラッド・ドッグとか……

（熟考する。長い間）

絞殺鬼。

絞殺鬼がいいな……

（体を掻く。絶望して）

こんにゃろう、こいつら、寝てる間に俺たちを乗っ取る気だな、オーラフ、わかってんのか……俺たちまるで死体で、こいつら卵を産みに来るぞ、俺たちの体に産み付ける気だ。俺たちの体に卵を注入する気だ。こいつら、死体にたかる虫だ、証拠もある、オーラフ、俺は死にたくない。オーラフ、助けてくれ……出て来てくれ、頼むから……

（長い間。気を取り直す）

絞殺鬼にしよう。ただ問題は、フンボルトが新しい名前に反応するかだな、自分のことだと思わないだろう。それとも自分が二人いるっていう、スキゾの発作を起こすかも。そもそもフンボルトの奴、わかるかな。
（間）
フンボルト、来い、オーラフを探してこい。

第二十場

ローズマリー　ゲームを買いました。エドガーにあげようと思うの。メモリー・ゲーム。動物のがいいか自動車のがいいか迷って。結局どっちも買っちゃった。（間）エドちゃんはどこ。
ズザンネ　エドガーはいませんよ、お義母さん。
ローズマリー　いない。どこにいったの。寄宿舎に入れたの。きっとお小遣いが足りなくて困ってるわ。やさしい子なのよ。郵便は受け取れるわね。メモリー・ゲームを送ってあげましょう。（間）まあ、今日もお魚。（間）動物メモリーを送ってあげましょう。
（沈黙）
ローズマリー　週末には戻ってくるのね。
ズザンネ　いいえ、家には戻りません。
ローズマリー　許可が下りないのね。何かやったの？
ルートヴィヒ　大丈夫。戻ってくる。いつも週末に戻ってくる。
ローズマリー　今日は何曜日？

ルートヴィヒ　食べてよ、ママ。
ローズマリー　メモリー・ゲームを包まなくちゃ。すぐやらないと。今日が月曜日なら、週末まで忘れちゃうから。（ゲームを梱包する）
ローズマリー　旅行のメモリー・ゲームがあったような気がして。店員さんに、これ旅行ゲームかしらって聞いたの。店員さんは、ええ、土地の名物が描いてありますよって。エッフェル塔、青いモスク、砂糖菓子ですよって。でもそこに行ったことなければ、思い出せないでしょ、って言っちゃった。世界中に行ったことある人なんているかしら、私はない、だから嘘つかないとゲーム出来ないわね。旅行するお金もなかったし。ルートヴィヒ、怒らないでね。本物の絵じゃなくて、ニセモノの絵なのよ。旅行メモリーじゃなくて、嘘つきメモリー・ゲーム。だから買わなかったの。（ズザンネに向かって）どうしたの、何も食べないのね。
ズザンネ　今度一人で出掛けるときは、ちゃんと声をかけてくださいね。下着にメモを入れますから。
ローズマリー　下着にメモを入れる……
ズザンネ　名前を書いたメモを入れるんです。住所も電話も書いて、下着に挟んで下さい。ハンドバッグなくしても。下着なら大丈夫。事故にあっても、麻酔をかける前に連絡先がわかるから。
ルートヴィヒ　ネックレスの方がいいよ。ロケットのついた小さなネックレスにしよう。
ローズマリー　それがいいわ。聖クリストフォルスの肖像をつけて。裏にエドガーの写真を入れてね。
（沈黙。ローズマリーは小包を見る）
ローズマリー　あら、いただきものかしら。

（ローズマリーは包みを解く。顔を輝かせて）
メモリー・ゲームよ！
（熟考し、驚く。思い出す）
ああ、エドガーが死んだ！　そうなのね！　エドガーが死んだ！　エドガーが死んだ！

第二十一場

ズザンネは外へ出ます
ズザンネは戻ってきます
ラーベは待っています
ラーベはズザンネと外を歩きます
ズザンネがどこへ行くときも一緒
ズザンネは知っています
感じています
ラーベの探究が再び見出だすことを
言葉と文章を
ゆっくりと

そして愛を
私たちの一人が
手を伸ばします
ゆっくり
時間をかけて
成就させるために

第二十二場

（オーラフの部屋の前。ペーターは全身刺されている。）

ペーター　オーラフ、森に行くから付き合えよ。誰にも会わない。もし会っても、変な奴しかいない。例えばあいつ、シュラウベ、ルートヴィヒ・シュラウベ、あいつとはいつも会う。ほんとに調子が悪そうだ。突っ立ったまま、木の前に十五分ぐらいじっとしていることもある。ちょっと周りを歩いて、木の上を見上げて、様子を見て……何を待ってるのか。誰か来るのか、知らねえけど、おまえは誰にも会いたくないんだろ。シュラウベも誰にも会いたくないんだな、俺、何度か話しかけてみた。あいつ、俺を木の枝かなんかのように見たっきり。一言も話さない。……おまえそっくりだ。……雨が降っても突っ立ったまま。服脱いで空き地で踊り出したら見ものだな。（笑う）

（沈黙）

オーラフ、前にも言ったけど、俺は……

俺はおまえが……

言ったけど、俺はおまえが……

おまえ、俺がいらないいんだな……

（大きな音の音楽）

中で何たくらんでるんだ……

何……

（叫ぶ）殺菌消毒するから、中に入れろ！

（掃除を始める）

（間）

ここんとこ絞殺鬼フンボルトって呼んでるんだ。通りですれ違う人は変な顔で見る。変な顔で見る。（肩をすくめる）皆飢えてない。金が要るのは俺たちだ。

第二十三場

愛　愛　愛
愛に違いありません
二人は驚きます
息をつぎ、深く息を吐いて
互いの目の前で
窓を開け放ちます
光　そよ風　太陽
あなたを見てもいいわね

時間は流れません
時間は静かに止まります
私たちは二人の時間を止めます
二人は瞬間に落ちました
無限の瞬間に

大地の下に横たわる死んだ子供が忘れられることはありません
いつも一緒に思い出されています
二人の愛が育つ土壌
忘れないでね

二人は思い切って未知の体の領域に進みます
ラーベは包帯の巻かれた指で
ズザンネの裸の肌をくすぐります
彼女の暖かい肌をさらに暖めます
ズザンネは目を閉じて数えます
ラーベの皮膚のほくろと傷跡を
数えるたびに数は異なるので
ズザンネは研究をやり直します
傷跡九番あるいは十二番は犬の噛み跡、危険なし
膝に近い傷跡十七番あるいは二十一番は、ガラスの破片に落ちたときの痕
左腕の大きなほくろは、生まれつき
胸骨の真ん中にあるへこみは
折れた骨が変形したもの
でも十五番あるいは十六番の太ももの傷跡や
八番あるいは十一番の肩胛骨の内側の硬貨ほどの起伏については
ラーベは全然教えてくれません
ズザンネの指をやさしく脇にどけて
寝たふりをするのです

だからズザンネは解明されない傷跡に
一層集中してキスします、献身的に
ズザンネは信じたいのです、このようなやさしさは
もっとも深い過去まで消し去ることができるはずだと

忘れるべきことを忘れていくの
静かな時間の中で
ラーベの部屋で

ズザンネはラーベが楽しそうにしているのをはじめて見ます
ラーベは笑います、本当に笑います

一度二人は部屋の外にちょっと出てみました
ズザンネは開いた窓から通りを見下ろします
たぶんルートヴィヒがのぞいているはず　ときどき
あなたがそうしてたように
でもルートヴィヒは家にいません
勇気を出してズザンネは荷物をまとめラーベを連れて階段を下ります
あっという間に

電車で終点に着きました
二人はそこから走り、駆け出します
駆ける　時間に向かって駆ける　時間が止まる

一夏、二夏の間、僕は「アラブ人」と呼ばれた。あだ名だ。僕は仲間がいなかった、皆僕を面白がった。授業が終わり家に帰ると、僕はひとりで出掛けた。連中が特に何かしたわけじゃない。邪魔はあだ名だった。僕と連中の間の。というかあだ名が前からあった溝を明らかにした。
僕らが出掛けるとき、誰かが、ヘイ、アラブ、と呼べば良かった。すると僕にはすきま風の吹く席が与えられ、冷たい食事が出され、醜い女の子があてがわれた。僕の名前はラーべだ、僕はラーべだというと、連中は笑った。ラーべはアラブであることが恥ずかしかった。僕は努力した。アラブ人でもないのにアラブと呼ばれるのなら、頭が良く、美しく、勇気あるアラブになろうと思った。連中は笑った、僕はよそ者だった。よそ者以外になれなかった。よし、それならもういい、俺の中のゴミを見ろ、と思った。おまえたちが黒い足、黒く不透明な俺を望むなら、この足は黒くなる、おまえたちのためだけに黒くなる。あとは放っておいた、そうやって今の僕になった。

二人はそこから走り、駆け出します
駆ける　時間に向かって駆ける　時間が止まる

息を切らして湖に着きました

僕はボート選手になりたかった

訓練をはじめたのは夏だった。最初は何でも手を出して、ボクシングやボートやレスリングをやった。叔父さんがボートを持っていたので、それで上流に向かって流れに逆らって漕いだ。泡立つ川は、覗き込んでも底が見えない。殴り合いは嫌だった。闘いたくなかった。襲われたときに備えて、武装したかっただけだ。

二人は川沿いを走ります

体を動かすのはすばらしかった。体をコントロールすることを学んだ。体を動かすのはすばらしかった。兵隊にならないでボート選手になればよかった。

二人は川沿いを走ります
雨の日です、二人だけしかいません、ぬかるんだ岸辺
葦　芝土　黒い土
二枚の板を渡しただけの小さな船着き場に一隻のボートを見つけます
二人は黙ってオールを見ます
内側に重ねて置かれた二本のオール

船底の二枚の船板の隙間から
波のリズムに合わせて水が出たり入ったり
二人はロープを解いて飛び乗り
漕ごうともせず
仰向けに横になり湖面を滑るにまかせます

第二十四場

（二人はマリファナを吸った。高揚の後の、最後の一服。）

エトゥナ　もう一度言って、邱世華って誰？
カロリーネ　邱世華。外見は私も知らない。写真があるかどうかもわからない。
エトゥナ　でも中国人だね。七十ぐらい。やぎひげ。大きな鼻の穴、ぺちゃ鼻。だいたい想像つく。
カロリーネ　スローペース。毎年一枚しか描かない。それで十分って作家は言ってるんだって。
エトゥナ　この絵を説明して。ずっと見てても何もわからない。
カロリーネ　この人の絵ってみんな……だいたい真っ白。最初見ると、ちょっと汚れがあるキャンバス以外に何も見えない。ほんのかすかなシミだけ。
エトゥナ　でも、だんだん、絵の前に立って見てると……

カロリーネ　予感がする、道や、拡がりや、風景が現れて、光の中に広がる……

エトゥナ　絵そのものから現れる、それは……

カロリーネ　（錠剤を飲む）……想像上のもの。見る前は存在しなかったもの。まず見て、次に見て、さらに見て、四回見ても見えないもの。そのうち目は疲れ、長く見すぎて涙が出てまぶたが痙攣する。するとようやく現実が姿を見せる。

エトゥナ　空、まだ覆われてて、目を眩ます太陽に輝く空。光は溢れて水を通り抜け、大地を通り抜け、絵の前に立つカロリーネを通り抜ける。

カロリーネ　もっとすごい、形と色彩とイメージを生みだすのは目と思考。時間がかかる、費やされた時間は、空間とやすらぎや喜びとして帰ってくる。贈りものだから……（錠剤を飲む）

エトゥナ　想像力。そう……時間が奪われる。自分にどんな可能性があるか見極められそうだったのに。全部真っ白だったのが、ゆっくり明るくなった時間。輪郭がはっきりする時間。私自身の、他人のじゃない時間。自分を信じる時間……他人じゃなく、自分を信じる時間。

（間。醒めてくる）

エトゥナ　八月のあの日の朝。八月のあの日の明るい青い朝。あんな朝、ほんと珍しい。暑い一日になるって知っていたあの日。それしか知らなかったあの日。

（間）

カロリーネ　エトゥナ、もう事故現場に行かない方がいい。良くない。

エトゥナ　うん。毎日あの通りを走って、左に曲がって古いスポーツセンターでトレーニングする。日課だけど……これからは回り道する。約束する。（間）

苦しい。針の苦しみ。頭の針は寝れば消える。でもほとんど眠れない、眠れない眠れない

もう眠れない……あんた苦しくない？　昔のこと。先生やめちゃったでしょ。

カロリーネ　そんな。あのまま学校に勤めてればよかったっていうの。セラピーも受けたけど。続かなかった。神経が参った。あの子たちのせいじゃないの。生徒って、残酷なほど直接的。こんなこと言ったのよ。カロリーネ先生、おっぱい手術して取ったの……そうよ、オーラフ、これからずっとおっぱいなしなの……私のブラ、コーヒー・フィルターに使ってもいいわよ……意地悪だったのは学校の同僚たち。男も女も愚劣よ。私を幽霊扱いした。出勤して、机の間を歩くじゃない、すきま風でも吹いたように皆頭を上げる。でも誰も私を見ない。膝より上に目を上げない。……人間の生活じゃなかった。

エトゥナ　どうしてすぐ胸をつくらなかったの。

カロリーネ　うん。当ててみな。あるがままってこと。自然のまま。キープ・イット・リアル。

エトゥナ　自然が一番……

カロリーネ　でもそのままでいいなんて人いない。

エトゥナ　私も絶対いや。

（間）

エトゥナ　自然のままなんてもうたくさん、違う？

カロリーネ　うん。……やっぱりきれいに見えなきゃ。……いいバストだけど、背丈に比べてでかすぎるなんてうわさされたくない。

エトゥナ　自分が気に入ればいいいんじゃない。

カロリーネ　気に入るかな……気に入らなくても付けなきゃ。（錠剤を飲む）
エトゥナ　ねえ。何飲んでるの？　私にくれないで、三回も飲んだ……
カロリーネ　なんでもない。背中の痛み止め。
エトゥナ　あんまり揺すらない方がいいよ。

第二十五場

（夜）

ルートヴィヒ　さあ、入って。
ローズマリー　おまえ、この水、氷のように冷たいよ、違うかい、冷たい、冷たい。
ルートヴィヒ　そう思ってるだけだよ、ぬるめだけど。
ローズマリー　電気代は節約しなければいけません。戦時中です、はい。
ルートヴィヒ　戦争なんてやってないよ。
ローズマリー　もう終わったの？
ルートヴィヒ　ちょっと、ママ。ここでは戦争してないんだから。もうずっとしてないんだ。
ローズマリー　まあ。
（沈黙）

ローズマリー　ルートヴィヒ……

ルートヴィヒ　何、ママ。

ローズマリー　聞いてもいいかしら。聞いても、笑わないでね。

ルートヴィヒ　笑わないから。何。

ローズマリー　（神経質に、恥ずかしそうに）ねえ……

ルートヴィヒ　言いなよ。

ローズマリー　なんだか私、思うんだけど、私の思いすごしかもしれないけれど……でも……（間）エドガーがずっと見えないんだけど。（とても疲れて、とても絶望的に）もうだいぶ会ってないのよ。

（間）

ルートヴィヒ　（忍耐強く、ローズマリーの手を取って、やさしく）ねえ、ママ、エドガーは死んだんだよ。車に轢かれて死んだ。

（間）

ローズマリー　わからないわ。

ルートヴィヒ　そうだね。

ローズマリーは服を脱ぎます
バスタブに入って
水につかります

海につかります
二枚貝　巻貝　魚の生態
命はどこから生まれたか
ルートヴィヒは想像します、自分の隣にズザンネが立っていると
あるいは　エドガーが立っている
あるいは　カロリーネが立っていると
あるいは　やるなというこの声は
誰の声か考えます
ルートヴィヒは必死です
もっと大きな声で言え、と命令します
僕と話したいのなら、もっと大きな声を出せ
声が小さくて聞こえないぞ
ルートヴィヒは耳を澄まします
もっと大きな声で、大きな声で、大きな声で
聞こえないじゃないか
そんな大声出さないで、とローズマリーが言います
ルートヴィヒは一瞬はっとしますが、ほかに声は聞こえません
彼に話しかけるものはいません、あたりはまったく静かです

ルートヴィヒは母の肩を水につけます、軽くたたくだけで十分、なぜなら母は痩せていて、軽くて、ほとんど体重がないからです、まず肩、次に頭、母は沈み、浮き上がり、髪の毛が濡れ、頭がいつもより小さく見えたとき、目を上に向け、ルートヴィヒを見ます、驚きつつ、しかし愛想良く、微笑みすら浮かべて、そう、母は笑っています、軽くたたくと、肩がつかり、頭がつかり、さようならママ、元気で、一度二度三度母は浮かびます、けれども息をつぎません、両目を閉じたまま、体は反抗せず、心臓も抵抗しないのです、両手を拡げたまま、母は肺に水を吸い込みます

第二十六場

オーラフ　（話し出す前に、長い間黙って、観客を観察する）

もう外に出る必要はない
もう太陽を見る必要はない
必要なものはすべてケーブルを通って
この部屋に来ている
必要なすべての信号は
コードレス受信機、方向探知器、アンテナが受け取る
空中から受け取る

俺自身も
ソナー　レーダー　超音波　光インパルスを送信する
昆虫、こうもりだ
さらば、天気、時刻、物理的コンタクト
画面にすべてがある
外の世界はいらない

おまえたちには隣人の運命より重要な爆弾犯
おまえたちには友達の運命より重要なテロリスト
要するに俺たちのことかも
おまえたちは俺たちを
子供の頃から良く知っていると思っている
でも本当は俺たちのことなんかほとんど知らない
おまえたちは俺たちなんか神様が片手間に創ったと思っている
間違って創ったとさえ思っている
とにかく俺たちにはあまり手間をかけてないと
テロリストもそうだ、おまえたちの人生も同じだ
死と誕生の間に汚れがあるだけの人生
テロリストは汚れに触り、汚れを行う

望む望まないにかかわらず、汚れには汚れをだ
そんな奴らに悪事を計画する能力があるのか
行動を考えられるのか
奴らはたまたま存在しているに過ぎないから
それは俺たちのことかもしれない
俺たち、近所の元フリークライマーは、目立たない
ハエのように壁にとまっていた
おまえたちは壁にとまっているハエのような俺たちに全然気づかなかった
ちょっと面倒くさいけど
最後に教えてやる、怯えて生きるとはどういうことかを

第二十七場

私たちはもっと注意深くすべきだった
と言われています
私たち一人ひとりが
一人ひとりを守るべきだったと

そう　たしかにその通りその通り
その通りだ
私たちはそうすべきでした
あんたもそうすべきだった
あなたもそうすべきでした

あの子の姿は見なかった
私たちはその場にいなかった
死は生よりすばやかった

もうあなたを行かせない
あなたを一人にしない
死が君を迎えに来ても
そばを離れてはいけない

というのも私たちなら
前もってわかったはずだと言うのです
前もってわかったはずだ
くい止めることができたはずだ

私たちなら
くい止めることが
できたはずだ
そう　たしかにその通りその通り
私たち一人ひとり
当然のこと
後になってみれば

第二十八場

ペーター　あいつは行ってしまった。ボーっとして。ふらっと。俺は不安になった。こいつ、何考えてるんだ。道に迷った様子じゃない。意図的に道を外れている、どんどん外れる。声をかけてみた。シュラウベさんシュラウベさん。なんの反応もなかった。肩がぴくっとするとか、頭がちょっと傾くとかもなかった。ルートヴィヒ、名前で呼んでみた、ルートヴィヒ。名前なら反応するだろう。反応なしだった。あいつは緑になった。シダの背丈が高くなり、進めば進むほど隠れてしまう。膝が隠れ、脚が隠れ、腰が隠れた。若い木の影があいつの体を覆った、木の葉が腕を覆った、枝が垂れ下がり、あいつの首を、髪の毛を、とらえた。あいつはどんどん入っていった、木に隠れて見えなくなり、緑の中にとらえられてしまった。

第二十九場

ズザンネはスーツケースを手に持って、ラーベの部屋の前に立ちます
ラーベはドアを閉めることができません
ズザンネは部屋に入ります、彼の部屋に
そしてスーツケースを開け
中身を棚にきれいに移します、彼の棚に
それから当然のようにベッドに腰掛けます
おそらく二人は一緒になるのでしょう
今から一緒に生活することになるのです
ズザンネは、母を殺した夫の話をします
夫は出奔したきり
どこへ行ったのか　だれも知りません　消えてしまったのです

ラーベは残されたズザンネを思い
自分に思いを寄せている人から
離れたくないと思います
ラーベは賭けにでます、実は賭けでもなんでもないんですが
どう出るか自分でもわからない賭けにでます
良い結果を期待して

ローズマリーが浴槽に沈められたのか
あやまっておぼれたのか　わかりません
どうしたらローズマリーが一人でおぼれるのか
誰にもわかりません
心臓か何か発作が起きたのでしょうか
検死の結果　発作のあとは見られませんでした

ラーベは人生を楽しむ自分に驚きます
愛する人と二人の人生
どうやって暮らすのか、この先どうなるのか
ラーベは考えたくありません

彼のことなんか知らない、夫だった男のことなんか知らない。助けて、お願い、昔の私は夫に助けを求めた。私どうすればいいの、そばにいてって。でも夫の世界では弱さを見せることは許されなかった、夫も私も弱さを見せられなかった、ありのままで、無防備になって、あきらめたりしてはならなかった。夫の世界の人間は、コルセットをはめているように思えた、そうでないと形が崩れてしまうから。だから私は黙ることを学んだ、微笑むことを学んだ。

自分から移ってきたズザンネでしたが
ラーベとの触れ合いは求めません

もう夫の姓を名乗る必要はない。子供も父親も、いなくなってしまった。

ズザンネはラーベに抱かれるのを拒み、身を固くして歩き回ります
リュウマチにかかったように、体が動くと痛みが走るのです
夜寝るときは、五十センチ以上間を開けます

ラーベはこの状況を熟知しています
人間として必要とされているのではなく
ただそこにいることが望まれている

こういう感情は好きだ
兵士になるには人格を忘却して、自分を消さなければならない
と言われているけど、そんなことはない
軍隊ほど自分を
強く感じたことはなかった
この感情が好きだった、この感情が必要だった
重要なことを行った
特殊任務の訓練を受けた
自分から志願した
それに
僕らのいたところは戦場じゃない
実際ちがう
戦争という言葉は使われない
戦争という言葉は死に絶える
派遣という言葉が使われる

僕らは派遣された　作戦名ズザンネ
ここは味方の陣営
いつ進軍の命令がくだるのか

どこへ向かうのか
僕らは知らない

ラーベは笑います
ラーベは傷ついた指先を見ます
ひとつ確かなことがある
この作戦を一緒に勝ち取りたい
ひとつ確かなことがある
君をここから救い出す
負傷者は連れて行こう
死者は置いていこう
今からすべて変わる

初恋も　二番目の恋も　三度目の恋もダメだった。完璧な人生を期待したから。馬鹿だった。学校でも、職場でも、何か欠けていた。結婚しても、何か欠けていた、子供ができても、まだ何か欠けていた。私待った。でも何を待ってるのか、わからなかった。たぶんこの人生が完璧になることを待っていたのね。完璧って、最後の煉瓦を屋根に積めば雨漏りしなくなるって思うようなもの。（間）エドガーが死んでから、欠けてたものがなくなった。（間）変でしょ。（間）だからって、待ち続けてきたものが息子の死だなんて思わないで。ただそうなっただけ、いつもそう、それが人生。終わらないし、終わりもない、私たちに起こることなんてみんな同じ。だからって苦しみが増えるわけじゃないし、慰めにもならない。終わらない。ということがわかった。（沈黙）終わらない。結論がない。いつもそう。（沈黙）だから前よりもずっと大きな不安を覚える。

このようにズザンネが話すと、ラーベは
どうすることもできないという感情を抑えられません
そんなにたくさんの言葉を自由にできません
彼はむしろ行動派です
言葉で行動できるのでしょうか
ズザンネが話しだすと、ときどきラーベは頭痛がします
彼もできるだけ、応じようとします
この部屋には二人のあまりに多くの思いがびっしり詰まっている
とラーベは感じます
語られた思いと頭の中の思いでずっと一杯
部屋は爆発しそうです
思いは危険な状況をつくりかねない
とラーベは感じます
僕たちの思いを引き受けてくれる人が必要だ

まず、静かに耳を傾けてくれる人、それから、生活のペースを作ってくれる人
最後に、僕らが欲しいと思うときまで、思いを大事に保存してくれる人
僕らは思いを解き放つ必要がある

ズザンネは黙ってうなずきます
ズザンネは援助を受けました
福祉事業の一環でした
ところがかえって何もできなくなりました

第三十場

エトゥナ

あちこちに匿名の脅迫が見つかる
今日の脅迫は何番目のものだろう
爆弾犯はふたたび動き出した
エトゥナは犯人を阻止できなかった
最後のチャンスだ　爆弾を発見し
信管をはずす　仕掛けられ場所に向かう途中
他人になって　やっと

私の能力を証明できる

目標は中心部のレストラン
退勤時間のすぐ後、満席
数週間前にペロキシドを調達した
塩酸　アセトン
私の印を求めて
私はここに来た　ついに
ついに私は私自身のもとに来る

（間）

レストランの向かいの
家の入り口で
待つ　観察する
自分の体を見る
私はベルトをしている
爆弾を巻いたベルト
私は誰
私は自分の体を見る
男の体？　女の体？

両手　腕　脚　どう見える
いかつい　ほっそり　長い　ずんぐり　ぽっちゃり　きゃしゃ
私の靴　何を履いてきたの　色は
私は自分の髪の毛にさわる　顔に触れる
私は誰　どう見える
自分の顔がわからない
まだ時間はある
まだ時間はある
居酒屋の前で二人の若者が
自転車のチェーンロックをはずして走り去るのが、見える
帽子をかぶり黒い鞄を持ったサラリーマンが出てきて
足早に通りを去る
ブロンドの女性、二人の小さな子供、店先のメニューを見て
歩いていく　走り回る子供　ホットドッグ　ホットドッグ
濃い化粧をした青白い顔の老婦人が三人
店を去る、ぺちゃくちゃ　ぺちゃくちゃ　ぺちゃくちゃ
ギターを抱えた客がすれ違い　店に入る
後からもうひとりギターを抱えた客　それから青いウールのコート
リュックの女性がコートに声をかけ、走り、つまづき、倒れそうになり、つまづき、倒れ

そうになり、別の足で踏みとどまって、笑う　青白い三つの顔の真っ赤な唇が一緒に笑う、
まあ、気を付けてお嬢さん
リュックの女性は店に消える
まだ時間はある
まだ時間はある
二つの白い顔がキスする
私は自分を見る
私は誰
いつ
道を渡って中に入るの
時計を見る、秒針を目で追う
数える
二十一からゼロに向かって

第三十一場

なんであわてて解約したんだ
君の家だったんだし、契約も残っていたのに

私思い出したくない
そのまま持ってればよかったのに
私が失った三人、三人の
匂いが満ちている家
息をするたびに三人の不在を吸い込む家
僕らが使えるスペースもたくさんあったじゃないか
叫ばないで
ごめん、全然気づかなくて
壁を塗り替えればよかった　家中真っ白に
それとも黄色、そう、君が好きな明るい色に
いいの、もう解約したから

ラーベは死者を怖がりません
失踪者も怖がりません
彼なら耐えられたかもしれません、ズザンネの家は十分スペースがありましたから
耐えられるとラーベは信じていましたし、しっかりしたものを求めていましたから
ホテルのような仮の宿は嫌なのです
彼はいつまでも窓辺に立ち、明け渡した家を見ます
電球がはずされます

ズザンネ、もう明かりはつかないね
マットレスが運び出される
ちょっと見てこようか
やめて、汚れた家具を手放して嬉しいんだから
何か取っておくものがあるんじゃないかな
いらいらさせないで
いらいらさせてるのは君だろう
あの生活を持って行きたくない　思い出したくない

彼は彼女を理解します、彼は彼女を理解します
彼の両手、指、包帯の下の皮膚がかゆくなります
彼は彼女を理解します、ただ、多くのものを捨ててきた彼は
今確かなものを求めていると信じています
包帯の下の皮膚がかゆくなります
両手で何かしっかりつかめなければなりません
死んだ子供が何度も姿を現します
彼は触れることができません
特に夜、ズザンネのそばに身を横たえたまま眠れないとき
包帯の下で何かが動きます、すごく小さな生き物にちがいありません

傷口の死んだ皮膚を小さな鉗子ではがしています
あごでくわえ、かみ砕き、食べています
彼は眠りに不安を覚えます、眠ってしまっては注意できない、こいつら健康な皮膚や肉まで食べはじめるにちがいない、寝てしまえば気づかない、起きたら後の祭りかも、肉はかじられ、腱　軟骨　筋肉も食い尽くされているかもしれない、小さな口が血管の血をすった、肉から血から力が奪われる、目覚めてもまだ骨は残るだろう、頭も、脳みそも残るだろう、数千の虫に似た生き物がむずむずうごめく、その触手がやさしく触れるのを感じるだろう、唇をよじのぼってくる、舌を這う、そして目玉の上に押し寄せる前に、ラーべは目を閉じます、むずがゆさとともに、まつげがむしられ、目が見えなくなるでしょう、まぶたの裏でぬるぬるした固まりが泳ぎ始め、今や移動して鼻をふさぎます、じきに呼吸できなくなるでしょう
叫ばないで　叫ばないで
叫ばないで
ごめん、全然気づかなかった
眠ってたの？　両目がしっかり開いてたわ
ああ　寝てなかった

君をなぐったのか
ちょっとだけ　寝てる間に　あなた寝てなかったけど　違うの　私をなぐったんじゃない

ハエをつかまえた　煙草の煙を手で払った　遊ぼうと思って私を起こそうとしたのよ
遊ぶ　ああ　そう　遊ぶんだね　そう　遊ぶんだね

ズザンネは彼の両手を取ります
彼女は彼の両手を取り、しっかりつかんで、包帯の上からさすります
ゆっくりと丹念にやるのが彼女のやり方です
この動きがラーベの心を静めるのが彼女にはわかりました
何も感じない　何も感じない
彼は安心します　何も感じない　それでいい

彼女はラーベに薬を飲ませ、眠るのを待ちます
今度はちゃんと眠ります
彼の苦しみの原因は彼女にはわかりません　推測することもできません
わかったふりはしない約束
大丈夫よ　わからなくていいの
遊びのように真剣でした

二人は話し合います
わかり合いたいという憧れは大きく

相手が寝ているときも声をかけてしまうのです
でも死んだ子供と
子供にまつわる事柄に
ズザンネは触れることができません
死んだ子供の話を聞くとラーベが極度に興奮するからです
自分を抑えようとしてもだめなのです
死んだ子供の話で興奮したラーベを見て
窓から飛び降りるんじゃないかと心配したほどです
あるいは彼女を窓から放り投げて自分も後を追うかもしれません
あるいは彼女をつかまえて一緒に飛び降りようと強いるかもしれません
あるいは……
彼女は
話そうとしただけだったのに

私は一人ぼっち、私の中には誰だか知らない寂しい人がいるの。……あなたにはわからないと思うけど。笑って。平気だから。……その人は私の中を歩き回って、私のいない体の中を占領するの。（間）私に聞こえてくるのは、自分の足音の反響。私が感じるのは、自分の心の狭さ。私に見えるのは、自分の世界の荒廃だけ。

彼女がこんな風に話すのにラーベは耐えられません
彼はなんでもうなずき、やさしさをつくろいます
微笑んでいるうちに、気分が悪くなります
彼はズザンネを愛しています、その彼が話を聞いていないなんて
彼女に悟られてはなりません
彼の頭の中でズザンネの言ったことが荒れ狂っていても
次の日には静かに忘れてしまうこともあります
頭の中で言葉同士は闘います
彼はそれを止められません
彼の体の中であらゆる筋がぴくぴく痙攣し
たったひとつの動きを求めます
何かが行われねばなりません　何かが起こらねばなりません　けたたましく思い切ったこ
とが　すべてをもう一度正常に戻す何かが　美しい何かが　秩序が　静けさが
それが普通の生活を再び実現するのです
よい感じのする生活
よい感じのする生活になるでしょう
昔のように
彼がまだ
一人だった頃のように

どうして彼女は言うのでしょう
痛い
どうして彼女はこんなことを言うのでしょう
未来がない
どうして彼女はこんなことを言えるのでしょう
荒廃

武器を取れたら、ナイフでも、手榴弾でもいい。たまたま通りかかった通行人を窓から射殺できたら、十八人ぐらい次々と、小学校の一クラス全員を。ショッピング街に行って偶然目が合った奴の視線に不愉快を感じて因縁をつけて……そいつの内臓に柄が入るまで刃物を突き差す、肋骨の間を刺して心臓までひと突き……やれないだろうか。今すぐ。やりたい。今すぐ。

ラーベ
ラーベ
ズザンネはとても小さな声で話かけます
私たちのことを考えて
私たちは出会って
お互いを見出したのよ

だからここにいるんでしょ
あらゆる困難を乗り越えて
ラーベ
ズザンネはもっと小さな声で話しかけます
私たちはここにいる　私たちは現実なのよ

そうだ、いつでもやれそうだ。いつでもやれそうな自分が怖い。あれはまだ過ぎ去ってないから。……だから僕はここにいる。ほとんど外に出ない。ここで自分が夢に、この悪夢に、この考えに、この強迫に襲われるなら、自分を縛りつけて動けないようにする、自分を固く縛る、経験はある、薬もある、過ぎ去るのを待つ、過ぎ去るまで床に頭を打つ、過ぎ去るまで指の関節を噛む、過ぎ去るまで薬を飲んで意識を失わせる

ズザンネはラーベを注視せざるをえません
ラーベは自分を縛ります
彼女は止めさせようとします
彼は彼女を威嚇します
軍隊で習ったの？
自分で自分を縛るなんて
冗談でしょ

ズザンネ、僕は敵だ、敵なんだ
ズザンネの頬に涙が流れます
ズザンネは笑おうと思ったのです
ラーベは訓練を受けています、二本のロープを使い
それをベッドに結び、端をそれぞれ輪にして
足から輪に入ります
手首には手錠をかけてベッドにつなぎます
体を伸ばすと輪が締まります
あっという間です

彼は落ち着きました
寝たふりをしています
ズザンネを安心させるためです
彼女は彼のそばの床に横たわり
彼の目にキスし
彼の体をなでています
彼女の息が眠りのリズムを得るまで
彼は待ちます

それからラーベは話し出します
ささやくような声で、ほとんど音も出さずに
これまで見てきたことを、彼の身に起こったことを
話します、彼女が眠っている間に、彼女が聞かなきゃいけないと思うこともなく、同情することもないように
心が傷つけられることもなく
答える必要もなく、反応する必要もないように
彼は夜の闇に語りかけます
暗い部屋に語りかけます
部屋の空気が彼の言葉を彼女の耳に運び
眠りの中にしみこませます、浮かび上がらせます
ズザンネ、聞いてくれ、こうだったたんだ

僕は当直だった、ドアの警報が鳴った。外には子供を連れた家族が立っていた。子供は意識がなく、父親の腕に抱かれていた。子供の腹は異様に膨れていた、こめかみには傷があった。衛生兵を呼んで、子供を担架に乗せた。父親と母親と兄弟二人が付き添った。子供の腹に手を当てると、腫れは固く頑固だった。子供の手を取った。ハエが子供の顔にとまったので、追い払って、頬をなでた。子供は目を開けて僕をじっと見ると、死んだ。

第三十二場

エトゥナ　レストランの向かいの
建物の入り口で
私の体を見る
私はベルトをしている
爆弾を巻いたベルトをしている
私は誰
私は自分の体を見る
男の体？　女の体？
両手　腕　脚　どう見える
いかつい　ほっそり　長い　ずんぐり　ぽっちゃり　きゃしゃ
私の靴　何を履いてきたの　色は
私は自分の髪の毛にさわる　顔に触れる
私は誰　どう見える
自分の顔がわからない
時計を見る、秒針を目で追う
数える　二十一からゼロに向かって

七秒経過、道路を渡って
目標に進もうとしたとき
私の愛する女性が角を曲がる
彼女は角を曲がり、レストランに入る
私の愛する女性
（沈黙）
私の愛する男性
（沈黙）
私の愛する子供
（沈黙）
五　四　三
静寂
静寂
静寂

私は自分の体を見る
私はベルトをつけてない
自分の顔がわからない

五　四　三
向こうの、道路の反対側を
誰かの姿が横切る
誰かの姿が
誰かが
入る　誰
どこ
二　一　ゼロ

第三十三場

今日二人は降りてきます
今日私たちは二人を見送ります
ズザンネは注意深くラーベの包帯を解いてもいいことになりました
包帯を取り替えて　今日二人は降りてきます
ズザンネは特別なことをします
一緒になってどれくらいかしら　まだあなたの手に触ったことないわね
考えてみて　普通じゃない

今日はお祝いです　彼女はシャンパンを用意しました
ラーベは最初から機嫌がよくありません
はやく終われればいいと思っています
さっさと片づけよう　さっさと
包帯を取り替えてシャンパンを飲んでさっさと寝よう
明日にそなえよう
ゆっくり見せて　治ってるの　静かにして
ほら　確かに十本あるけど　完全には治ってないみたい　先の方は傷が残ってる
ああ　君は治らない方がいいと思っているのか　そうさ　治ってないよ
怒鳴らないで
ななななんだと思ってたんだ　ネイルケアに行って来たとでも思ってるのか
違うわ
なななんだ
あなた今日は変
いいからやってみろよ　君がどこまでできるか見てやる　一人じゃ何もできないくせに
男を変えるときちょっと間を置けばよかった　違うか？　居たくもないところに吸いつい
て　十年後に気づいても　この二人の生活をやめられない　こぎ続けて疲れてひっくりか
えるまで　あと数年だ
ラーベ、私にわかるのは

頼む、頼むから、わからないでくれ、約束しただろう

私、出てった方がいいのかしら
違う違う　そうじゃない　居てくれ

ごめんなさい　とてもつらいの　あなたの指の傷は結局エドガーのせい　つまり私のせい
私エドガーの罪を引き受けるわ
馬鹿な

馬鹿な　あの日　あの時間　八月十九日の明るい正午に　あそこに居なければよかった
もしだれかに罪があるなら　事故を防げなかった僕だ　僕が防げていれば
そんなに叫ばないで
ねえ話して
私に話して

僕はあの子のサッカーボールを両手でつかんだ
一分ぐらい　もっと短かかったかもしれない
空気穴を探した
指先でボールを回して押してみた

どれくらい空気が残っているか触ってみた
ポンプで入れないとだめだった　蹴っても弾まない状態だった
最初の自動車が猛スピードで通り過ぎた
僕とあの子のすぐ脇を通り過ぎた
エドガー
あの子はびっくりして
道を渡って家に　家に帰ろうとした

私のところへ　私のところへ帰ろうとしたのね
そう　そうだ
だから　私の罪　私の罪は大きい
やめろ
私の罪
やめろ
あなたの両手　エドガーの死　私の罪
黙れ

ラーベは殴ります
自分でも驚くほどとっさに殴ってしまいます

殴ります　さらにもう一度殴ります
ズザンネは驚き　気を取り直し　怒りながら　言葉を抑えられません　怒りながら
エドガーが死にローズマリーが死んだのは私の罪
ラーベは殴ります
ほとんど肩の重荷を下ろすようです
しゃべり続け　しゃべりやまず　彼を無視したズザンネは　そのことで彼に殴る許可を与えたのではないでしょうか
ラーベは殴ります
ルートヴィヒが出て行ったのは私の罪　彼が失踪したのは私の罪
ラーベのもとに移って以来彼女は彼を挑発してはいないでしょうか　ここまでつらい言い方をしなければならないのでしょうか　彼はそれを望まずやめてくれしゃべらないでくれと頼んでいるのですから
こうなるのが当然なの　当然なの　わかる　彼は私を欺いたのよ　彼なの
ズザンネは血を流しながら叫びます
私の罪
ラーベは殴ります
ちがうちがうちがう彼女の罪じゃない　これまでも今でも　彼女は無実だ　彼は彼女を愛している　彼女がそれを理解すれば　二人はずっとうまくいくのに　過去を悔んで誰がなぜ何をと自分を責めるのは無駄だと彼女がわかればいいのに　疲れ切った彼は　ただ疲れ

から殴ります　なぜなら彼女はしゃべりすぎて二人の未来を毎日ぶちこわしているから　ズザンネは血を流します　ズザンネは抵抗します　彼女は床にころがるラーベを踏みつけ腹の真ん中の柔らかいところを踏みつけます　彼なんか全然怖くありません　全然怖くありません　彼女に残されたささやかな人生を守らねばなりません　口に鉄の味が満ちるなか　ラーベへの愛は大きくなり殺せるほどです　彼が死ぬのを見守れるほど愛していますそれほど愛しているのです　死ねば彼は安らぎを得るでしょう　不安も睡眠薬も必要ありません　二人には嬉しいことです　お互いに心から喜べるでしょう　二人にとってこれ以外の喜びはなかったのですが　誰かが邪魔をするのです　何かが右目に当たったので　彼女は身をかがめ　受話器をつかむと　彼女の方に身をかがめたラーベの頭を力一杯殴ります　今彼女は誰が喜びの邪魔をしているのかわかったのです　それは彼と彼女自身です幸せになれないのは自分たちが邪魔しているから　だから二人はぼろぼろになるまで殴り合います　安らぎを得るためにお互いの破壊衝動を殴り合って消し去るのです　いとおしく思う気持ちが高まったため彼を抱こうとしますが　彼女にはもうそんな力は残っていません

わからない　霧の層　記憶の深み　何かが起こったのかしら　イメージの断片　断片だけが残る　わからない　完成から遠いもの　破れたページ　輪郭は確かなのにあなたの頭の中から引っ張り出せないもの　放り出したいほど恐ろしいもの思い出

思い出
消えろ
ラーベは床に倒れたズザンネを見ます
彼女のそばにうずくまります
僕に何ができる

彼女は息をしています

何ができるだろう

彼女を持ち上げてベッドの上に寝かせます
彼女は息をしています

何ができるだろう

彼は彼女が生きていることを望みます
誰かが自分たちを見つけてくれるのを望みます
彼は大きな炎を起こすでしょう
発見が容易になるために

彼は炎になります
炎になります
彼女のために燃える炎になります
彼はポリタンクを開けて
ガソリンをかぶります
ライターの火をつけます
彼は燃えます
最後の炎　最初の炎

エピローグ

ここでは誰も生きてない

俺は刑務所に入った
おまえまたやったのか
あんただって同じ目にあうぜ
私は死んだ
僕も死んだ
俺はようやく仕事を見つけた、コックさ
まあ、屋台に毛の生えた小さな店なんだけど、ダンツィヒ(3)にね
僕はまだ失踪中
私は聞かれたら、未亡人ですって答えます
二度夫に死なれましたって
もう傷は癒えました
聞かれることもめったにありません
私は町を出て、入院した……
私たちは二度と会わなかった
誰も私の墓に来てくれない
誰も私の墓を訪ねてくれないの
ここに横になって待ち続けるわ
僕も死んだけど、誰も墓に来てくれない
大理石の天使像も何もない墓で待つのは情けない

僕の墓にはエリカが植わってるだけ
花が咲くよ、九か月後に
僕らは誰も生きてない
私は絵を描くのをやめた
かわりにエロチックな小物の小さなお店を始めたの
お客には直接アドバイスします
私は町を去り、通院してます
私たちは二度と会わなかった
そろそろツタと虫のもとに帰らせて
そうだね、墓の上の板を閉めてください
でもときどき穴から外へ出て
一緒に　新鮮な空気を吸いに出ましょう
星をお見せしますから
ちょっと、あなたは灰が残ってるだけですよ
私たちは二度と会わなかった
俺は刑務所に入った
俺は戻らない　逃げる
逃げる　今だ今だ今だ　チャンスは二度と来ない
一時帰宅の許可　絶好の機会　笑っちゃいけないけど

秋の鳥のように
正しい風を待ち
羽ばたいて
飛び立つんだ

訳注

（1）実際、初演のクリーゲンブルク演出（ハンブルク・タリーア劇場、二〇〇八年）では、「私たち」の台詞は登場人物等が分担して語っており、合唱（コロス）や一人の語り手の台詞として扱われていなかった。

（2）十九世紀にアレクサンダー・フォン・フンボルト生誕百周年にちなんで造られた公園。第二次世界大戦中、園内の丘の上に二台の高射砲台を備えた巨大な掩蔽壕が造られた。

（3）バルト海に面するポーランドの港湾都市グダニスクのドイツ語名。

解説　スロー・シアターのゆるやかな快進撃

三輪玲子

ヨーロッパにデーア・ローアーの名を知らしめた出世作『タトゥー』（一九九二年）が、十数年の歳月を経て、翻訳としても（三輪玲子訳、論創社、二〇〇六年）、上演としても（岡田利規演出、新国立劇場、二〇〇九年）、彼女の日本デビュー作となったことは、興味深い事実である。この作品が露にしたテーマ、平穏な家庭に巣くう父から娘への性暴力は、その衝撃性は失わずとも、いまやグローバルに周知された問題の範疇にある。しかもローアーはその間、ほぼ毎年一本のペースで新作を発表し続け、同時に舞台化もされて、評価を高め続けているわけなので、今日の日本で『タトゥー』が「いまさら」でなく「いまなお」として受容されること自体、彼女の劇文学が、時の経過に耐えきれず潰れてしまうような代物ではない何よりの証明であろう。とはいえ『タトゥー』だけのローアーではあまりに勿体無い。そこで、いまや疑う余地なくドイツ現代演劇を牽引する劇作家であるデーア・ローアーの『タトゥー』以降の戯曲のうち、二〇〇九年新国立劇場でリーディングとして初演され（森新太郎演出）、最新の代表作といえる『最後の炎』と、その中間期にあって、ローアーならではの多層的な語りと場面の連鎖が技法的完成をみた記念碑的作品の『無実』を、続く邦訳作品として紹介することにした。

一九六四年、ドイツのバイエルン州に生まれたローアーは、九〇年、ベルリン芸術大学のシナリオ・ライティング・コースに志願する。当時の専攻主任はハイナー・ミュラーで、ローアーの奨学金応募に際し、「ローアーさんには書く機会は十分ありますが、金が不十分です」といういかにも彼らしくブレヒトに倣った端的な推薦文を書いてくれたという（ベルリン文学賞受賞の弁）。「書く」環境に身を投じるやいなや、ローアーは、九二年『オルガの部屋』で鮮烈なデビューを飾る。次作の『タトゥー』は、新人作品としては異例の大ヒットになり、ドイツ語圏以外でも数多く翻訳上演され、ローアー自身も、国内外を問わず数々の文学賞、演劇賞を総嘗めにする。タブー破りのテーマ性とともに注目を浴びたのは、コンマもピリオドもなく、詩行のようにリズミカルで高密度なテクスト——それは、言いようのないことを伝える言葉を見つけるための格闘から手にした、彼女独特の言語世界であった。

『タトゥー』日本初演に際してのシアター・トークで、ローアーは冗談交じりに、「この文体であと十作ぐらいは書けそう」という気分になったと、当時の達成感を振り返っていたが、それ以降のローアーの活動を眺めていくと、到達した一所に留まろうという気はさらさらなく、かといって、奇をてらって変化を演出するような素振りからも縁遠い。「私の文体から離れることはできない」けど「私自身が退屈したくないしお客さんを退屈させたくもない」という彼女は、自分自身に居続けながら発展途上にあり続け、脇目も振らず、ゆっくりと大きな歩みを繰り出していく。マルチな才能の一面として「作家」であるようなクリエーターとは一線を画し、ひたすら書くことだけに専念しようとする。劇作の本質を追求していくことで備わるテクストの強度によって、演劇制作の現場を刺激し、上演の既定的限界を超えさせようとする。ゆるやかでダイナミックな「スロー・シアター」志向を保ちつつ、ローアーのマイペースな快進撃は止まるところを知らない。

『タトゥー』（九二年）と『リバイアサン』（九三年）で演劇専門誌テアター・ホイテの年間最優秀新人劇作家に二年連続で選ばれ、瞬く間にドイツ演劇を代表する新鋭劇作家として認知されていったローアーであるが、デビュー以来一貫して、まなざしを向ける先には、苛酷な現実と叶わぬ願いを抱えてもがく人間の姿がある。デーア・ローアーの作者紹介は『タトゥー』解題でも一通り触れたが、少々別の視点も交えて、ここでローアーの劇作家としての歩みを眺めておこう。

家庭内暴力としての近親相姦を扱う『タトゥー』も含め、初期のローアーは、歴史的、時事的な事実の取材から起こした作品で定評を得ていく。それは現実＝容赦のない状況に投げ込まれた人々の真実を炙り出すような作風の確立にもつながっていく。ドイツとユダヤの血を引く共産主義者オルガ・ベナリオが強制収容所のガス室で最後を迎える『オルガの部屋』、ドイツ赤軍ウルリケ・マインホフがテロリズムへの意を決する『リバイアサン』、マケドニアの戦争難民がドイツに暮らす『異郷の家』（九五年）、愛するがゆえに殺されていく『青髭―女たちの希望』（九七年）、善き意志が砕かれ受難の道を辿る『アダム・ガイスト』（九八年）――こうした作品でローアーは、どんなにもがいても抜け出せない不幸、叶わなくとも失われない願い、言葉にならない現実の感情を、独自の人工言語にのせて、ダイアローグに、モノローグに、時にはコロス（合唱）へと紡ぎ出していく。『アダム・ガイスト』では伝統あるミュールハイム市演劇祭の劇作家賞も受賞し、この頃までにローアーの劇的言語は、ドイツ語圏内外で確固たる存在感を獲得していった。

故意に「悲劇」を書こうとせずともおのずと悲劇的にならざるをえない人々の現実に正面から向き合う初期の作品群とくらべて、後の作品では、悲劇のなかにもそこはかとない喜劇色を、ありのままの人間に自然に備わっているポジティブな側面を押し出そうとする傾向も見えてくる。イアソンとメデイアがバルカン半島の戦争難民としてアメリカで暮らす『マンハッタン・メデイア』（九九年）、楽観的に積極的に人生を切り開こうとするのに事情が許さない『クララの事情』（〇〇年）、また、サービス業を生業とする人々の視点から描く『第三次産業』（〇一年）ではベケット風の掛け合いもあり、時にはブラックな滑稽味がスパイスとなって、悲喜劇的な社会派コメディーともいえるジャンルに展開していく。さらには、ローアーが自作の初演を委ねて全幅の信頼を置く演出家、アンドレアス・クリーゲンブルク（一九六三―）との共同作業から、テクストと上演の既存の関係性に挑むような実験的制作にも意欲的に乗り出すようになる。数ページの短い物語を舞台化した『ベルリン物語』（〇〇年）と『鋏』（〇一年）、七つのエピソードを六週間ごとに一話ずつ完成しながら上演していく『幸福の倉庫』（〇一年）、クリーゲンブルクと合作した音楽劇『都会のドンキホーテ』（〇五年）、アフガニスタンのカブール訪問から着想した画家のモノローグ劇『言葉なき国』（〇七年）など、タッグを組む演出家とのさまざまなコラボレーションにより、ローアーの創作の幅が大いに広がったことは間違いなく、その成果はまず、実験精神溢れる演劇テクスト、『無実』に結実することになる。

『無実』――イノセントな人々の織り成すメルヘン
（二〇〇三年、ハンブルク・タリーア劇場初演、アンドレアス・クリーゲンブルク演出）

ヨーロッパのある海辺で、不法入国の黒人の男二人が、海に入っていく女を見つけるが、助けようか躊躇するうち彼女は波間に消える。眠れぬ夜を過ごすうち、一人が「金（神）の入った袋」を発見する。目の見える男たちのために踊る盲目の踊り子、犯してもいない罪の赦しを請う女、遺体処置係に生きがいを見出す男、娘夫婦の家に転がり込む糖尿病の母、自著を燃やし「世界の不確実性」を悟る老いゆく女性哲学者。個々の物語はやがて結ばれ、「金」は盲目の少女の手術代になるが、はたして少女の目は見えるのか、人々の夢は叶うのか……。

不法移民のエリージオとファドゥールが入水する女を目撃したエピソードを軸に、生まれなかった息子の犯さなかった罪を詫びてまわるミセス・ハーバーザット、糖尿病の母を抱えるローザと、生きている妻より死んでいる他人の体を慈しむ夫フランツ、そしてもうひとりの中心人物、完全な盲目＝完璧な世界に生きる踊り子アプゾルートの物語が、次第に絡み合いながら変奏していく。最初の場で海に入っていく女が最終場ではローザに重なる、過去から未来、未来から過去への円環構造をなす全十九場であるが、脇筋として、四場、十二場、十七場に、未来の変革可能性にも金細工師の夫にも絶望を募らせ「世界の不確実性」を悟る老いゆく女性哲学者エラの場面が差しはさまれる。テレビでは画像の歪んだ「大統領」の演説と市街戦の模様が実況され、戯曲が書かれた二〇〇三年イラク戦争当時のアクチュアリティーをえぐり出す。このテレビ中継とアプゾルートが読んでいる点字本『世界の不確実性』の著者がエラであることで、本筋と脇筋のリアルタイムが繋がっている。

ローアーの話法では、ときに登場人物が語る人称も変移する。一場のエリージオとファドゥールのように、ト書きに相当する彼ら自身の行動、境遇、関係などの情報を三人称で語りながらいつしか一・二人称の対話に移っていくこともあれば、十六場のように、ト書きとは別のテクストでありながら、直接話法を交えた物語形式の三人称で話が進んでいくこともある。ローアー流の「異化」が、人物や人物関係の多面的パースペクティブを提供する。

さらにこの戯曲の醍醐味は、コロスを用いた挿入場である。七場では、「通り魔事件で生き残った人々のコロス」にやがて、「犯人」の母だと申し出るミセス・ハーバーザットの「罪」とファドゥールが拾った「金」の真相がオーバーラップしてくる。エリージオとファドゥールがねぐらにしている通称「自殺ビル」の現場（六場）では、二人の自殺者が飛び降りるのか飛び降りないのかの押し問答（自問自答）を演じ、十一場では若い男性医師がマンションの窓から飛び降りた一夜限りの恋人について語り、十四場ではアウトバーン高架からの飛び降り騒ぎに巻き込まれた「ドライバーたちのコロス」が苦情をまくし立てる。収斂を拒み、むしろ意図的に拡散に向かわせようとするかのような多層多彩な挿入場は、演劇テクストにダイナミズムをもたらし、舞台化へのイマジネーションを掻き立てる。

この人間の「罪」をめぐる壮大なメルヘンの舞台化を託された演出家クリーゲンブルクは、ハンブルクの初演で、テクストの多様な彩りと戯れるようなウィットに富んだ舞台造形で、劇作家ローアーの挑戦に見事応えた。舞台は、劇場の（あるいは「ブルー・プラネット」の）楽屋風景からはじまり、衣装に着替えたりメイク台を行き来する俳優たち。支度が整うとおもむろに、天井に碁盤の目状に設けられたカーテンレールに間仕切りの幕を自在に走らせ、幕がスクリーンとなって、海辺や廃ビルが映し出される。映像上の俳優と舞台上の俳優の行動が同期したり、相互に会話が交わされたりもする。場面転換は間仕切りの変化であらわされ、エラの場面のみ、隔離されたガラスのパビリオンが運び込まれる。その場に関係しない俳優も、大道具・小道具スタッフの役割をしたり、稽古場のように脇に座って眺めていたりする。映像を巧みに取り込む一方、「ドライバーたちのコロス」では男女五人ずつの俳優がスラップスティック風のパフォーマンスでも見せる。戯曲冒頭の指示に沿って、演劇の作為性をオープンにした上演スタイルをとることで、「無実の罪」とともに生きていかざるをえない人々の自嘲気味のペシミズムや、破れかぶれのオプティミズムが、リアルなバイタリティーとして伝わってくる。社会の末端で生きる人々が奏でる「ポリフォニーの受難曲」（南ドイツ新聞）は、バッドエンドにもハッピーエンドにも終結することなく、控えめな希望の余韻を残したまま、物語のはじめに返っていく。

『無実』には、惨憺たる状況から逃れられなくとも生き抜こうとする人間の意志への肯定が感じられる。エラが発する辛辣な憤りや暗澹たる嘆きは、作家の私的な声と見紛うほどの直截さがある。精緻な調査や観察を丹念に文学へと昇華させるローアーにして、勢いあまってパトスをほとばしらせている（ようにみえる）のは、二〇〇三年の世界の異状を肌で感じながら書いたこの作品ならではといえるかもしれない。また、そのラディカルでシニカルな味わいこそが、この戯曲の格別な魅力でもあるのだ。

詩的かつ人工的な劇的言語で魅了するローアーがそこに描こうとするのは、ありのままの人間である。ドイツ的社会派演劇の系譜、ブレヒトの直系ともいえる、残酷と滑稽、グロテスクとユーモアが交錯する人間のありようを見据える即物的な目線があり、そこに見るもの感じるものを余すところなく伝えるべく、現代詩のようにミニマルでリズミカルな語りでイメージを掻き立てる劇文学が生まれてくる。実験性の高い創作活動と時事的な題材への情熱が結晶した『無実』において、ローアーの作風はひとつの完成形をみたといえる。絶望と希望のせめぎ合う人間存在への淡々と深いアプローチを名もなき人々のポリフォニーに託す――そこにある言葉は、比類なく美しく力強い文学でありながら、紛れもなく「私たち」の現実をつぶさに描いている。サンパウロで書き上げた『ルーズベルト広場の人々』（〇四年）でもこの展開を推し進めるローアーであるが、二〇〇八年の『最後の炎』において、多声からなる劇文体の完成度を極め、今一度、ドイツ演劇界に圧倒的な存在感を放つことになる。

『最後の炎』――名もなき人々の奏でる哀歌

（二〇〇八年、ハンブルク・タリーア劇場初演、アンドレアス・クリーゲンブルク演出）

ドイツのある町に戦場からの帰還兵が帰ってきた。彼が道を歩いていると、パトカーの追跡を振り切ろうと一台の自動車が猛スピードで通りかかった。たまたま道でサッカーをしていた子供が驚いて飛び出し、帰還兵の目の前でパトカーにはねられてしまった……。『最後の炎』は交通事故の追想からはじまる。ギリシア悲劇で悲しい出来事は直接描かれず、コロスが報告する形を取るのと同じように、まず子供の死をコロスが語る。そしてコロスを構成する一人一人の物語が演じられる。正体不明の帰還兵、はねられて死んだ子供の母、その夫、夫の母、子供の母の女友達、パトカーを運転していた女性警官、追跡されていた自動車を運転していた男、その友人など、事故にかかわりのある人々の物語である。これらの人々は死んだ子供を軸にゆるく結びついている。その結びつきを追いながら、ローアーは何気ない日常風景が死の影に覆われる様子を描く。

登場人物の筆頭に挙がる「私たち」とは、ここに登場する人々——心に傷を負って戦地から戻った兵士ラーベ、息子の事故を目撃した兵士に近づく母ズザンネ、アルツハイマー病の祖母ローズマリー、介護する祖母を手にかける父ルートヴィヒ、乳癌を患う教師カロリーネ、麻薬中毒で失業中の若者オーラフ、テロの妄想に陥る警官エトゥナなどと同じく、一般的な名前で呼ばれ、心や体を蝕まれて社会の片隅にひっそりと暮らす無名の人々の代名詞である。この不特定の「私たち」が語り手となって物語ははじまる。『無実』では物語の幕間に不定形の魅力を放っていたコロスの存在が、『最後の炎』では真の主役として、ローアーの叙事的話法として君臨している感がある。作品の指示書きにあるとおり、「私たち」は演劇的役割としてコロスであっても、複数の心をひとつに重ねて協和する「合唱」ではなく、ばらばらに孤立した非協和の「独唱」を互いに寄せ合うようなものである。登場人物たちは、「私たち」の台詞のなかに三人称として組み込まれたり、独立して一人称で語ったり、集団と個人の境を行き来することになる。ローアー流の「異化」はさらに磨きがかかり、集団と個人の相貌をともに示しながら、内的な心理と外的な観察の間のさまざまなニュアンスを炙り出していく。

劇文体としての完成度という面では円熟の境に入った感もある『最後の炎』であるが、アナーキーな風合いすらある『無実』とは打って変わって、互いに傷つけ合わずにはいられない愛の物語は、しっとりとなまめかしい情感で、読む者観る者を揺さぶる。最終場面で、『無実』の人々には淡い希望を語らせたローアーだが、『最後の炎』の「私たち」はもう存在しない。生ける者も死せる者も集って語り合うが、もういない人々なのだ。締めつけられるような不在感のなか、最後にほのかな未来の予感だけが示される――「秋の鳥のように／正しい風を待ち／羽ばたいて／飛び立つんだ」。

演出家クリーゲンブルクは、またしても圧巻の舞台造形を企てた。ハンブルクの初演では、回り舞台に住居が設えられており、平凡に慎ましく暮らす住人の台所、居間、寝室、浴室が、そして、子を失い、仕事を失い、体の一部を、記憶を失い、そして愛も無残に失われていく光景が、観客の眼前を断続的に流れていく。物語が進み、人々の心の亀裂が深まるにつれ、愛が打ちのめされていくにつれ、部屋のひとつひとつから徐々に生活用品や家具が撤去され、人の気配が次第に消えていく。その喪失感と、部屋の扉から扉へと順行、逆行を繰り返す俳優たちの痛ましくも美しい姿、声に圧倒される。両手の指をやすりで削ってしまうラーベ、その指を癒す愛で自らも癒そうとするズザンネ、ズザンネを徹底的に傷つけることでしか応えられず自己破壊に向かうラーベ。登場人物の「私たち」が、二人の姿を追いながら、愛も希望も哀しく壊れゆくさまを静かに見守っている。この作品でローアーは、ミュールハイム市劇作家賞とテアター・ホイテ誌年間最優秀劇作家に、初演の舞台は、最優秀演出

（ファウスト演劇賞）にも選ばれた。

何気ない会話から詩的な韻文へ、また内省的モノローグへと推移する独自の言語世界は、他の追随を許さない、デビュー期から揺るぎないローアーの真骨頂である。過ちから苦境に陥っても僅かな希望の光を弄る人々を静観する変わらぬまなざしとともに、意外な裏切りを孕みつつ変奏していく劇世界がそこにある。不幸や死の影に苛まれる無名の人々に、ささやかなエールを送るような『無実』、黙って寄り添うかのような『最後の炎』――趣は異なっても、救世主不在の現実に佇む人物と渾身の言葉、そして繰り返し立ちあらわれるイメージが心を震わす。ローアーの戯曲の要所にあらわれるのは、終わりと始まりが繋がる環のイメージだ。犬の首輪のように「始まりと終わりが繋ぎ合わされているところ」を断ち切る思いで家を出る母（『タトゥー』）、夫が細工する指輪を「終わりも始まりもない絶望の円環」と切り捨てる妻（『無実』）、『最後の炎』は「最初の炎」に重なる。さらには、破滅とともに浄化をもたらす火のイメージ。「炎の森」で自分を焼き尽くす夢を見る娘（『タトゥー』）、命の火の消えたあとに残る「灼熱の芯」を感じる遺体処置係（『無実』）、そして『最後の炎』は帰還兵を包み込んでいく。

二〇〇六年にはベルトルト・ブレヒト賞を受賞し、ブレヒトの社会演劇を後継する現代劇作家と目されているローアーだが、彼女の演劇テクストは、叙事的かつ詩的であるところに特徴がある。おそらく、言葉にあらわしようのない「私たち」の「いま」を言葉にする唯一無二の手段として、この「詩的」アプローチがあるのだろう。「失われた真実の模索、それが現実から飛び立って空間を開け放つとき、価値あるものとなるのです。この空間は言葉のなかにだけあるようなもので、私たちの現実を押し広げてくれます。〈開かれた想起〉とでもいいましょうか」（ブレヒト賞受賞の弁）――記憶を忘却から蘇らせ、想起によって未来を手にすることこそ、ローアーが「書く」ことの意味だという。そこに、叙事も叙情も抱き込んで滔々と流れるような劇文体が生まれる。冴えた理論家であるとともに巧みなドラマ作家であったブレヒトの『肝っ玉おっ母とその子どもたち』の成功に垣間見えた、（理性にも）感情にも強く訴える「叙事演劇」の可能性の先に、ローアーの戯曲があったともいえるかもしれない。

叙事的な距離感を保ちながら、執拗に容赦なく飽くことなく、現代社会の誰もが正視を避ける現実に踏み込んでいくローアーの劇文学は、『最後の炎』に至って、鎮まることのない痛みから滲み出ていくような、凄まじいまでの言葉の迫力を生んでいる。開放感に誘う『無実』から緊迫感漂う『最後の炎』に辿り着いて、次はどこへいくのか——こうしている間にもローアーはたゆみなく動き続けている。二〇一〇年一月、ベルリン・ドイツ座で初演された最新作『泥棒たち』はすこぶる好評で、クリーゲンブルクも、巨大な水車の輪のような、今回は上下に動く「回り舞台」で観客の目を奪い、早々に、ミュールハイム市演劇祭にもベルリン演劇祭にも招待が決まった。

保険外交員やスーパーの店員など卑近な人々とその家族のエピソードを、「落ちも沈黙も効かせる術を心得た詩的で多義的な言葉」（ディ・ヴェルト紙）で緻密に織り成していく最新作は、陰鬱ななかにもユーモアが、どん底でも希望の光が見えてくるような悲喜劇的妙味がある。登場する家族は「トマソン」（赤瀬川原平命名の無用の公共物）家の人々という洒落もあって、「現代版モリエール」（ディァ・ターゲスシュピーゲル紙）の片鱗もうかがわせる。グロテスクにコミカルにやがて哀しき『泥棒たち』は、『無実』の猥雑な喜劇エッセンスと『最後の炎』の流麗な輪舞スタイルをさらに新しい段階に推し進めたものといえよう。仕事も人間関係も家族すら、確かなもの頼れるもの何ひとつない世の中で、まるで生きていてはいけないかのように、あたかも「泥棒」のように、自分の人生をおずおずとこそこそと生きていかなければならない人々が絡み合う情景は、「財政危機」、「テロリズム」などと社会問題のキーワードを声高に叫ばなくとも、おのずと政治的になりうる。

『最後の炎』まで、ローアーの新作はハンブルクで初演されるのが常だったが、託されるテクストに対して「何もしない」だけという演出家パートナー、クリーゲンブルクがベルリン・ドイツ座に移籍してからは、しばらく、ベルリンが彼女の公私ともに本拠地ということになりそうだ。クリーゲンブルクの言葉を借りれば「ますますテクストの上演可能性などお構いなしになっていく」ローアーの、真の意味で演劇に資するテクストを世に送り出していくための闘いは、まだこれからが本番ともいえそうだ。

日本語への翻訳も、ローアーの言葉は一筋縄ではいかない。日本語の言葉の柔軟性のなかに驚くほど違和感なく入ってくるかと思えば、硬質にして簡潔なドイツ語がなかなか日本語になじまず難攻不落に悩まされることも少なくない。ただしそれは、ローアーの劇文学の本質に迫る問題でもある。一万キロの距離を瞬時に飛び越えて我々の心の隣に親密に寄り添うような近しさと、その隔たりのかなたから世界問題のありかを精確に指し示そうとする遠大さ、その双方の魅力をあるがままに味わっていただけるよう、翻訳にあたって余計な手出しはしないよう留意した。

『無実』、『最後の炎』はともに、新国立劇場運営財団主催の現代戯曲研究会の資料として翻訳された。出版の機会を作っていただいた同財団にこの場を借りて感謝したい。また、ゲーテ・インスティトゥートからは出版助成のサポートを受けた。さらに、日本演劇研究家で翻訳家のアンネ・ベルクマン氏にはネイティブスピーカーとしてチェックをお願いし、校正に際しては新野忍氏の協力を得た。最後に、本書の意義を認めて出版の英断を下された論創社社長の森下紀夫氏と、編集で大変お世話になった高橋宏幸氏に心からの謝辞を捧げる。

二〇一〇年三月　　三輪　玲子

資料

原作戯曲

Dea Loher: Unschuld. In: Unschuld / Das Leben auf der Praça Roosevelt (Verlag der Autoren, 2004).

Dea Loher: Das letzte Feuer. In: Das letzte Feuer / Land ohne Worte (Verlag der Autoren, 2008).

参考文献

Michael Börgerding: Fälle von Schuldvermutung. (Theater heute Jahrbuch 2003)

Ulrich Khuon: Die Rettungsschwimmerin. (Theater heute Jahrbuch 2008)

Michael Börgerding: Angekommen. In: Programmheft “Unschuld” (Thalia Theater 2003)

Was, wenn das Leben so nicht funktioniert? Ein Interview mit Dea Loher. In: Programmheft “Das letzte Feuer” (Thalia Theater 2008)

Was ist mit dem Glück? Ein Gespräch mit Andreas Kriegenburg. In: Programmheft “Das letzte Feuer” (Thalia Theater 2008)

Michael Börgerding: I'm just blue. In: Programmheft “Das letzte Feuer” (Thalia Theater 2008)

デーア・ローアー作品の初演

〈ドイツ語圏〉

『オルガの部屋』九二年、ハンブルク、エルンスト・ドイチュ劇場

『タトゥー』九二年、ベルリン、アンサンブル劇場
『リバイアサン』九三年、ハノーファー、アンティエ・レンカイト演出
『異郷の家』九五年、ハノーファー、アンドレアス・クリーゲンブルク演出
『青髭―女たちの希望』九七年、ミュンヘン、アンドレアス・クリーゲンブルク演出
『アダム・ガイスト』九八年、ハノーファー、アンドレアス・クリーゲンブルク演出
『マンハッタン・メディア』九九年、シュヴェリーン、エルンスト・M・ビンダー演出
『クララの事情』〇〇年、ウィーン、クリスティーナ・パウルホーファー演出
『ベルリン物語』〇〇年、ハノーファー、アンドレアス・クリーゲンブルク演出
『鋏』〇一年、ウィーン、アンドレアス・クリーゲンブルク演出
『第三次産業』〇一年、ハンブルク、ディミター・ゴチェフ演出
『幸福の倉庫』〇一年、ハンブルク、アンドレアス・クリーゲンブルク演出
『無実』〇三年、ハンブルク、アンドレアス・クリーゲンブルク演出
『ルーズベルト広場の人々』〇四年、ハンブルク、アンドレアス・クリーゲンブルク演出
『都会のドンキホーテ』〇五年、ハンブルク、アンドレアス・クリーゲンブルク演出
『言葉なき国』〇七年、ミュンヘン、アンドレアス・クリーゲンブルク演出
『最後の炎』〇八年、ハンブルク、アンドレアス・クリーゲンブルク演出
『泥棒たち』一〇年、ベルリン、アンドレアス・クリーゲンブルク演出

〈日本〉

『最後の炎』（リーディング）〇九年四月、新国立劇場、森新太郎演出
『タトゥー』〇九年五月、新国立劇場、岡田利規演出
デーア・ローアー作品の邦訳
『タトゥー』（ドイツ現代戯曲選30　第二十一巻）三輪玲子訳、論創社、二〇〇六年

【著者紹介】
Dea Loher〔デーア・ローアー〕
1964年バイエルン州生まれ。92年『オルガの部屋』でデビュー。次作の『タトゥー』(92年)、『リバイアサン』(93年)では、演劇専門誌テアター・ホイテの年間最優秀新人劇作家に選ばれる。ミュールハイム市演劇祭では、93年ゲーテ賞(『タトゥー』)と98年劇作家賞(『アダム・ガイスト』)、2006年ブレヒト賞受賞。2008年『最後の炎』で再びミュールハイム市劇作家賞、テアター・ホイテ誌年間最優秀劇作家に。2009年ベルリン文学賞。2010年『泥棒たち』はベルリン演劇祭招待作品(2009/10シーズンのドイツ語圏ベストテン)。

【訳者紹介】
三輪 玲子〔みわ・れいこ〕
1964年生まれ。ドイツ演劇研究。訳書に『ポストドラマ演劇』(共訳、同学社)、『パフォーマンスの美学』(共訳、論創社)、『衝動』、『タトゥー』(ともに論創社)など。上智大学准教授。

新野 守広〔にいの・もりひろ〕
1958年生まれ。演劇評論家、ドイツ演劇。著書『演劇都市ベルリン』、訳書『ポストドラマ演劇』(共訳、同学社)、『崩れたバランス/氷の下』(共訳、論創社)、『火の顔』、『餌食としての都市』、『ゴルトベルク変奏曲』(ともに論創社)など。第2回小田島雄志・翻訳戯曲賞受賞。立教大学教授。

無実/最後の炎

2010年8月10日　初版第1刷印刷
2010年8月20日　初版第1刷発行

著者　デーア・ローアー
訳者　三輪玲子/新野守広
装丁　奥定泰之
発行者　森下紀夫
発行所　論 創 社

〒101-0051 東京都千代田区神田神保町2-23　北井ビル
tel. 03 (3264) 5254　fax. 03 (3264) 5232
振替口座 00160-1-155266　http://www.ronso.co.jp/

印刷・製本　中央精版印刷

ISBN978-4-8460-0958-8